Sólo un día más

Susana Fortes

Sólo un día más

ESPASA

Espasa, sello editorial de Editorial Planeta, S.A.
Avda. Diagonal, 662-664
08034 Barcelona

Primera edición: enero de 2025

Preimpresión: MT Color & Diseño, S. L.

Depósito legal: B. 22.241-2024
ISBN: 978-84-670-7462-8

Espasa, en su deseo de mejorar sus publicaciones, agradecerá cualquier sugerencia que los lectores hagan al departamento editorial por correo electrónico: sugerencias@espasa.es

www.espasa.com
www.planetadelibros.com

Impresión: Unigraf, S. L.
Impreso en España - *Printed in Spain*

A Manolo Domínguez, mi profesor
de Literatura en el Instituto Valle-Inclán,
fumando Ducados y leyendo a Camus un día de lluvia,
al salir de clase, en la cafetería Lar.

In memoriam

Yo no.
Te conocí en la tormenta.

Pedro Salinas

1

Fue en la Navidad de 2017, antes de la pandemia y después de una época de mi vida bastante insólita en la que en realidad no sabía muy bien qué demonios me había ocurrido.

Acababa de salir de una relación tormentosa con un escritor de un país del Este que me había dejado para el arrastre en todos los sentidos. Hundida, desorientada, como si hubiera vuelto de una guerra. Me sentía incapaz hasta de viajar. Y eso que hacer las maletas y largarme siempre ha sido mi remedio infalible contra todos los males. Lejos de casa y a salvo.

Había perdido el empuje. Llevaba tres años sin publicar, dándole largas a mi editor. No era capaz de escribir porque ninguna trama podía liberarme de la trituradora salvaje de recuerdos con la que a los enamorados nos gusta machacarnos las tardes de invierno mientras llueve fuera. El amor y su cólera magnífica. Lo de siempre.

Nada de lo que se me ocurría era capaz de emocionarme más allá de un par de horas, pasadas las cuales todo iba directamente a la papelera de reciclaje. Porque para que una novela aguante el intenso combate cuerpo a cuerpo que requiere la escritura durante largas jornadas delante de la pantalla del ordenador, un escritor necesita saber que lo que tiene entre manos es algo único, valioso y muy frágil, algo que debe tratar con el máximo cuidado sin comprender todavía qué es lo que esconde dentro. Una especie de bola de cristal traspasada por la luz.

De niña, cuando vivíamos en la casa vieja, un año tuvimos una bola así colgada del árbol de Navidad. La había traído como regalo un amigo de mis padres de algún viaje por Europa. Era distinta a todos los adornos navideños que yo hubiera visto hasta entonces, pequeños colgantes esmaltados de colores demasiado chillones que, si se caían al suelo, rebotaban sin romperse. Esta, por el contrario, irradiaba una misteriosa fascinación. Parecía una pompa de jabón hecha de un cristal finísimo. Creo que fue la primera vez que de pequeña tuve conciencia de la belleza como algo muy tenue y excitante. Recuerdo estar mirándola fascinada, tratando de atrapar el fabuloso centelleo mágico que refulgía en su interior con mucho cuidado de no romper el hechizo.

Una pequeña burbuja de ilusión palpitante.

Eso era exactamente lo que a mí me venía faltando. La magia de una historia contenida dentro de un círculo de luz, de una isla del tesoro, o de una lámpara maravillosa, como al comienzo de aquellos cuentos infantiles que nos contaban antes de acostarnos. «Érase que se era, hace muchos, muchos años...». Me faltaba esa emoción. Estaba, como suele decirse, fuera de juego. Un rayo me había fulminado en mitad del campo. Y caminaba lánguida, como deshuesada, trastabillando sin encontrar por ningún lado la señalización de la carretera. Esas cosas pasan. Y si dejan descolocados a los grandes poetas sagrados, qué no harán con el resto de los mortales. En medio del viaje de la vida, también yo había llegado dentro de mí misma al interior de una selva oscura donde se perdió el camino recto.

Sólo me mantenía en pie la inercia. Sobrevivía a duras penas con las colaboraciones que hacía en el periódico para la sección de cultura y algunas traducciones. La atonía vital era una desgana infinita que me minaba por dentro, porque, como todo el mundo sabe, los escritores cuando perdemos la capacidad de contar, estamos muertos.

Y para colmo era Navidad. Mi hermana había tenido que suspender finalmente su viaje desde Pittsburgh, donde preparaba el doctorado, por culpa de un resbalón en la nieve. Mis amigos se habían largado al Rincón de Ademuz, donde habían alquilado una casa rural para hacer senderismo lejos de la marabunta. Así que me esperaban unas fiestas un poco solitarias. No pasaba nada. Vería *Fanny y Alexander,* una película que se ajustaba como un guante a mi estado de ánimo. Además, tenía champán y salmón noruego en la nevera por si acaso. En Nochebuena siempre se montan planes imprevistos de última hora. Nunca se sabe.

Volvía precisamente de comprar unas figuritas en el puesto de artesanía del Mercado de Colón, buscando quizá en ese ritual de todas las navidades de mi infancia una tabla de salvación. A la altura de la calle Jorge Juan me había encontrado con unos conocidos del barrio que me preguntaron cuándo sacaba la próxima novela. Tal como estaban las cosas, aquello era lo que se dice mentar la soga en casa del ahorcado.

—Pronto —les respondí con mi mejor sonrisa, y la calle me pareció de repente más oscura y más iluminada a la vez, como cuando enciendes una linterna pequeña. Una escritora tiene la obligación de mentir.

Llegué a casa, dejé los paquetes a la entrada de cualquier manera, colgué el abrigo y puse a secar las botas y los calcetines junto al radiador. Después abrí el portátil, resoplé con resignación, y empecé a redactar el artículo que me habían encargado en el periódico con motivo del 80 aniversario del II Congreso Internacional de Escritores para la Defensa de la Cultura, celebrado en Valencia en 1937. Una faenita de aliño, para el suplemento del resumen del año. 4.500 caracteres.

En esas estaba, cuando me entró un *e-mail* de Anna, mi agente. Me explicaba que la editorial Gallimard acababa de publicar en Francia la correspondencia entre Albert Camus y María Casares. 865 cartas como misiles de largo alcance que a lo largo de quince años se cruzaron el escritor y la actriz. Desde que se conocieron en 1944 hasta el 4 de enero de 1960, cuando el coche en el que él regresaba a París junto a su editor se estrelló inexplicablemente contra un árbol en una carretera recta sin apenas tráfico, cerca de Villeblevin, en la Borgoña francesa.

Lo que me proponía mi agente era que escribiera un prólogo para la edición española, diez o quince folios. Hacía años había publicado un breve ensayo sobre la famosa polémica intelectual y política entre Jean-Paul Sartre y Camus, titulado *Amistades peligrosas*, que se mantenía de actualidad gracias al encono que de vez en cuando mostraban hacia mí algunos filósofos de altos vuelos que me consideraban una intrusa, seguramente con razón. En cualquier caso, el libro me sirvió de carta de presentación para los foros sobre el tema organizados por distintas entidades culturales. Supongo que fue eso lo que motivó la petición de la editorial. Y Anna, que sabe más cosas de mi vida que las que yo estoy dispuesta a reconocer públicamente, decía: «Además, he pensado en ti porque las cartas reflejan una historia de amor muy encarnizada, de esas que arrasan con todo sin dejar prisioneros, como lo que te pasó a ti con W». W, por supuesto, era el escritor bosnio con el que yo había mantenido una intermitente historia «pasional, cruda y devastadora, muy Herzegovina», de la que ella había sido testigo accidental. «Creo que precisamente por eso —continuaba Anna— podrías escribir algo especial, incluso, quién sabe, si te animas, podría ser el germen para tu próxima novela. Lo dejo en tus manos, no quiero presionarte, pero es un temazo».

Un temazo.

La edición francesa de Gallimard llegó a mi casa al día siguiente por mensajero a las doce y cuarto. Empecé a leer las cartas esa misma mañana. Y me quedé impactada, sobre todo porque no entendí nada. Pero ¿qué significaba aquello? ¿Qué demonios había pasado allí?

Sabía que Camus y Casares habían mantenido algún tipo de relación, pero en ningún momento había imaginado aquello. Noté en la escritura una atmósfera electrizada, esa incertidumbre de cuando el aire se vuelve irrespirable por la presencia del azar, que es el perfume de la vida violenta, del amor incondicional, de las pasiones desconcertantes que no podemos comprender.

Y precisamente porque no entendía nada, la historia se me metió dentro como un alien. Rebusqué en mi biblioteca las novelas que más me habían gustado de Albert Camus: *El extranjero*, *La peste*, *El primer hombre*.

Conseguí las mejores biografías disponibles en librerías de segunda mano. Pedí por Amazon las memorias que María Casares había publicado con el título *Residente privilegiada*. Y recopilé todos los libros que pude sobre aquel grupito de Saint-Germain-des-Prés que se calentaba las manos en la estufa de leña del café de Flore, escribía por los rincones e iba a modelar la flamante generación de posguerra.

Y entonces algo poderoso e informe empezó a crecer dentro de mí. Volví a sentir el pálpito de la vida en la yema de los dedos. Me dieron ganas de contar su historia, de usar sus vidas para entender un poco la mía. Ganas de merodear por los suburbios del corazón, de husmear en las esquinas del mundo, de reflexionar sobre los asuntos misteriosos e incomprensibles que nos rompen la vida. Ganas de escribir como quien respira a pleno pulmón, como quien suelta un puma a ver qué pasa. Con suavidad, con ligereza.

Hasta ese momento no había vuelto a acordarme de los adornos que había comprado la semana anterior en el mercadito de artesanía. Rebusqué entre los paquetes sin abrir y allí estaba. Una pequeña esfera transparente de cristal soplado. La saqué del embalaje protector con cuidado y la colgué en el árbol. Era preciosa. Frágil, iridiscente, con halos luminosos que flotaban suspendidos igual que pequeños copos de nieve. Allí estaba. La burbuja de emoción palpitante.

Me gustan las cosas que me recuerdan a otras cosas. Me quedé mirándola embelesada, aguantando la respiración, exactamente como una niña de siete años ante el genio de la lámpara maravillosa.

Érase que se era, hace muchos, muchos años...

2

Sobre la mesita de noche había una nota escrita a lápiz en una hoja pequeña de calendario (6 de junio): «Enamorarse es un desierto que hay que cruzar con sed». Quizá se trataba de una idea en desarrollo, una contraseña en clave o una especie de verso.

Era 1944. París estaba ocupado. Había carteles pegados en las paredes con listas de rehenes fusilados. En los cruces, las señales estaban en alemán y las patrullas nazis recorrían los bulevares en sus camiones mezclándose con los taxis-bicicleta y los automóviles de gasógeno. Sin embargo, el Casino y el Folies Bergère seguían con su actividad. Edith Piaf cantaba los sábados en el hotel L'Aiglon y los teatros gozaban de toda su efervescencia. Como en cualquier capital asediada, la gente necesitaba soñar. Se suplían las carencias con ingenio. A falta de medias de nailon, las parisinas se pintaban en las piernas la raya a lápiz simulando la costura trasera y caminaban con coquetería por las aceras. No había carbón y los cortes de electricidad se repetían continuamente, los víveres escaseaban, pero los cafés se las apañaban para dar servicio y estaban al completo. En sus mesas se mezclaban colaboracionistas y miembros de la Resistencia. La Gestapo a veces hacía la vista gorda con el toque de queda por su propio interés y solía mostrarse más implacable con los ciudadanos de a pie que con los artistas de renombre, siempre y cuando no fuesen judíos, por supuesto. Pero conforme se iban acercando los aliados, la tensión se volvía palpable. Eso lo hacía todo más inminente.

Hacía poco más de un año que en Nueva York, la Warner Bross había estrenado *Casablanca,* sin pena ni gloria.

Aquella madrugada un sol tibio luchaba por despuntar entre las canaletas de plomo de los tejados y, aunque muy pocos lo sabían, las tropas aliadas se preparaban para realizar el desembarco en Normandía. Era martes. El fotógrafo Robert Capa iba a bordo de una lancha con la compañía E del 116 Regimiento de Infantería americano. Miles de muchachos llegados desde el otro lado del océano estaban a punto de morir en una guerra cuyo final no verían. Faltaban poco más de doce meses para que el mundo asistiera al lanzamiento de la primera bomba atómica en Hiroshima. La civilización se hallaba cerca de alcanzar su último grado de salvajismo.

Albert Camus tenía treinta años, había publicado su primera novela, *El extranjero,* era un autor joven y prometedor, aclamado por la crítica, con cuatro perras en el bolsillo. Militaba en la Resistencia y se daba un aire a Humphrey Bogart.

María Casares acaba de cumplir veintiuno, llevaba exiliada en Francia desde el estallido de la guerra civil española, tenía los ojos verdes y era actriz, pero no se parecía a Ingrid Bergman.

Sin embargo, si ambos pudieran verse aquella mañana del 6 de junio asomados a la ventana del apartamento del escritor en el número 1 de la calle Vaneau, probablemente creyesen estar dentro de una película de Hollywood.

Él fumando, sonriente, con la mirada confiada y cargada de expectativas.

Ella ligeramente despeinada, somnolienta, en *déshabillé*.

Aunque puede ser que la foto fuera tomada después, casi con toda probabilidad, y en la casa de ella, en el 148 de la rue Vaugirard. En el amor se alternan los lugares, se mezclan las secuencias, sobre todo si se han tomado más de dos copas, pero el día no. El día jamás se olvida. 6 de junio. Martes. Las ventanas abiertas de par en par, el vértigo de la altura, un sexto piso. A pie de calle dos oficiales de la Gestapo en una motocicleta con sidecar aceleraban hacia la Puerta de Versalles.

De haberse estrenado en Europa la película de Michael Curtiz, a buen seguro que ambos recordarían alguna frase pronunciada por Bogart en aquel París ocupado mientras esperaba a Ilsa en la estación de tren bajo la lluvia: «Los alemanes vestían de gris, tú ibas de azul». La escenografía coincidía. Pero era imposible que lo pudieran recordar, claro. Ninguno de los dos tenía idea de lo que se les venía encima. Fue esa noche cuando se convirtieron en amantes. El día D.

Se habían conocido tres meses antes en casa del escritor Michel Leiris, para la representación de la obra teatral *El deseo atrapado por la cola*, de Pablo Picasso. Ella ni se fijó en él. Más tarde recordaría que alguien se lo presentó.

—Albert Camus.

No imaginó el alcance que llegaría a tener aquel nombre en su vida. Su nombre.

Volvieron a encontrarse, claro. Existe la casualidad o el destino, si se prefiere. Y más aún en el mundillo del teatro. Ella empezaba a ser ya una actriz conocida. María Casares, *Casagués*, pronunciado así, a la francesa, con acento en la «e». Existen los amigos comunes que a veces no lo son tanto, los escritores de culto, los fotógrafos siempre queriendo inmortalizar el momento. Brassaï se empeñó en retratar a todos los asistentes en el propio estudio del pintor, en la calle de los Grands-Augustins. Ahí posó toda la troupe con Kazbek, el perro de Picasso y Dora Maar, un pastor afgano, flaco, de morro afilado. Hay un montón de fotografías donde salen todos. Los Sartre, algunos poetas surrealistas, George Braque, el psicoanalista Jacques Lacan dándole la vuelta a los sueños, una actriz ucraniana que acostumbraba a apagarse los cigarrillos en el dorso de la mano, Bataille, el compositor Arthur Honneger, filósofos cubistas, pintores existencialistas, derrochadores de ideas, un poco desquiciados, todos juntos y revueltos. Pero no pasó nada.

Sin embargo, el azar no suele darse por vencido. Además, ya se sabe que París era un pañuelo y en una de sus esquinas estaba el Théâtre des Mathurins. Su director, Marcel Herrand, quería montar una nueva obra, titulada *El malentendido*. Una tragedia en tres actos, sobre un hijo que regresa de incógnito y acaba siendo asesinado por su propia madre y por su hermana que no lo reconocen. Su autor era precisamente aquel escritor argelino publicado por Gallimard cuyo nombre ella ni siquiera recordaba.

Entonces sí. En esa ocasión ocurrió algo.

Sucedió mientras Camus estaba dando las indicaciones de la obra a los actores. Hubo una mínima variación en su voz, cierta timidez. Se limitaba a leer el texto sin interpretarlo, sin entonar. Probablemente no le pareció adecuado hacerlo delante de profesionales. Respetaba el trabajo de los actores. Eso a ella le gustó. Lo observó con más detenimiento. Tenía un atractivo extraño un poco fuera de lugar, introvertido, con la mirada baja, pero al mismo tiempo le sorprendió la increíble firmeza de su rostro. Le pareció también un poco engreído. Un contraste desconcertante que tenía algo de embriagador y le suscitaba una curiosidad que hizo que de pronto le entraran unas ganas irrefrenables de meterse en jardines. El argumento de la obra, basado en un hecho real, le pareció demasiado crudo, de una antigüedad clásica, pero a la vez profundamente actual. Sin darse cuenta se fue metiendo en el papel, como si los demás actores y el resto del mundo hubieran desaparecido o se hubieran convertido en un simple telón de fondo. En el tercer acto Camus tuvo que interrumpir la lectura por un ataque de tos que duró más de la cuenta. Bebió dos sorbos de agua y se disculpó con un gesto que era a la vez sincero y desarmado, casi una sonrisa, como un crío al que hubieran pillado en falta.

Indicaba los cambios de cuadro, golpeando el suelo con una vara de mando, *el brigadier*, como acostumbra a hacerse en el teatro francés. Un movimiento cargado de entereza. Ella empezó a verlo con otros ojos. Todavía no lo sabía, pero en su interior estaba fraguándose el prodigio del teatro. Aunque ya no era una principiante, seguía experimentando la misma emoción de la primera vez. Le fascinaba la capacidad que tenían los escritores para darle aliento a los personajes. Algo muy poderoso. Tal como lo sentía ella, en el teatro el autor era el máximo creador, el maestro absoluto, el único y verdadero amo. En ese preciso instante, dentro de su cabeza Camus empezaba a ser Dios. Pero ni siquiera se dio cuenta.

Fue más tarde, durante los ensayos, cuando salió a relucir su espíritu de conquista. Cuando se cruzaba con él en los camerinos, notaba en la piel de los antebrazos una peculiar descarga eléctrica. Fósforo puro. Pensó en seducirlo, por supuesto que lo pensó. No era ninguna mojigata. También él se había fijado en ella. No era la única actriz joven de la compañía, sin embargo, no había ninguna otra que se le pudiera comparar. Estaba hechizado por su temperamento en el escenario, pero más aún por la media sonrisa que tenía a veces al borde de la boca, por la manera en que cruzaba las piernas balanceando uno de los pies mientras atendía a sus indicaciones, inclinando un poco la cabeza con atención. Estaba tan cerca que casi podía percibir el tacto tibio de su piel. A pesar de su éxito con las mujeres, ante ella se sentía torpe, atenazado por una inseguridad que no era natural en él. Por las noches a solas en su cuarto le bastaba imaginar que le apartaba un mechón de pelo de la cara para traspasar todas las distancias habidas o por haber. Quería tocar aquella sonrisa con sus propias manos. Sólo tenía que presentarse la ocasión.

Y se presentó, claro. Siempre se presenta. Fue con motivo de la fiesta que Charles Dullin, el director del Théâtre de la Ville, dio antes del estreno de la obra en su casa de la calle de la Tour-d´Auvergne, en Montmartre. Era el 5 de junio de 1944.

—Es un piso precioso —dijo ella al entrar.

Y lo era. Estaba decorado con guirnaldas de flores frescas e iluminado con quinqués distribuidos entre las pequeñas mesas. Había un gran salón circular que daba a un jardín. Se perdieron entre los invitados, en el rumor de conversaciones que a veces subían de tono. Desde el fondo llegaba el sonido de un fonógrafo mezclado con el tintineo de las copas... Ella se apresuró a apurar un vaso de aguardiente para vencer la timidez y él la siguió por la pendiente sin pestañear. Bebieron, coquetearon, fumaban sin parar, de vez en cuando bajaban la voz. Él dijo algo sobre una tragedia moderna capaz de emocionar sin caer en el realismo del teatro burgués. A ella le pareció un poco petulante, que se estaba dando importancia. Hubo un instante en que la mirada de él se alejó, pero no hacia otros invitados, sino hacia algún lugar dentro de sí mismo. Ella empezó a prestarle atención de verdad a partir de ese momento. Se le ponía un puntito raro en los ojos. Hablaba de sus proyectos con un aire de descuidada indiferencia, como quien no quiere la cosa. Recordó también una playa en Orán, las dunas, la calma y luego muy rápido, el aburrimiento, el calor... Lo hizo igualmente de pasada, sin remarcar nada, como si todo flotara en la inconsistencia. Era su forma de pasar de largo, más por timidez que por desidia. También ella se permitió alguna confidencia. Poca cosa. Era hija de un republicano español, un antiguo presidente del Consejo de Ministros refugiado en Francia, que con la entrada de los nazis había huido a Inglaterra. Quería triunfar en el teatro. Siempre había soñado con ser actriz. De pequeña, recitaba a Macbeth subida a lo alto de una roca en la playa de Bastiagueiro, frente al océano.

Venían de mares distintos.

Cuando se oía a sí misma contando intimidades, se echaba a temblar. Cuidado. Mejor hablar de cualquier otra cosa, no exponerse demasiado. Tampoco él buscaba meterse en profundidades. Los dos se sentían a salvo dentro del perímetro de seguridad, jugando como niños a meter sólo los pies en la orilla, pretendiendo que las olas no los salpicasen.

—¿Sabes que en esta casa ha vivido Juliette Drouet? —dijo Camus dándoselas de entendido.

—¿Juliette Drouet? —repitió ella, mientras se quitaba una brizna de tabaco que se le había quedado en la punta de la lengua.

—Sí —asintió él—. La amante de Victor Hugo.

—No me digas... —Lo miraba con un gesto de suave ironía, ladeando un poco la cabeza, una ceja enarcada, la sonrisa burlona.

En aquel terreno se encontraba más segura. Al fin y al cabo, era una mujer de mundo. Llevaba un vestido de Rochas, a rayas en tonos malva y rosa pálido, con escote barco. Se le marcaban las clavículas tan finas como palillos chinos. El pelo tirante recogido hacia atrás. Los dientes pequeños y luminosos. Tampoco era tan guapa como él quiso creer. Años después Camus recordaría que lo que primero que le impresionó de ella fue su voz demasiado grave, insólita en una mujer tan joven. Tenía una manera peculiar de hablar francés con un acento cortante y dulce al mismo tiempo, difícil de identificar. Luego supo que era un deje del gallego del Norte. La sorpresa de la voz. Ya no se separaron en toda la velada.

Abandonaron la fiesta en bicicleta al filo de la media noche, bastante achispados. ¿En tu casa o en la mía? Se dirigieron al estudio que Camus le había alquilado a André Gide en la rue Vaneau.

A la una y diez, exactamente, 15.500 paracaidistas americanos empezaron a caer del cielo sobre la playa de Utah, en Normandía.

Todo durante aquella noche iba a ser una operación de alto riesgo.

Camus pedaleaba y ella iba sentada en el marco de la bicicleta con las piernas cruzadas. Sortearon una patrulla de la policía francesa que vigilaba el cumplimiento del toque de queda. Si en la calle había cierto nerviosismo, ellos no lo notaron, bastante tenían con el suyo. El pavimento relucía como si acabase de llover. Soplaba una brisa ligera.

Al pasar por debajo de la torre Eiffel, él se volvió y le hizo un guiño. «¿Le has visto la ropa interior?». Como si en vez de pasar por debajo la gran dama de hierro, hubieran pasado bajo las faldas de una cupletista.

Ella se rio, echando la cabeza hacia atrás. Como todos los amantes, muchas veces después volverían a recrear aquella primera noche juntos.

A las 6.25 de la madrugada, 156.115 soldados desembarcaban a trescientos kilómetros, en la costa normanda, con el mar embravecido, atenazados por el miedo, con el corazón galopándoles en las venas bajo el destello de los obuses, moviéndose como sombras ligeramente desenfocadas. Así está en las fotos de Robert Capa.

Enamorarse es un desierto que hay que cruzar con sed.

3

Tengo un impermeable azul con capucha que usaba mucho en invierno durante el tiempo que estuve con W. Todavía me lo pongo a veces como una armadura para salir a la calle.

Me levanté, encendí la cafetera, caminé descalza hacia la ducha, me puse crema hidratante. Todavía un poco somnolienta, hojeé el periódico con los desastres del mundo mientras mordisqueaba una tostada con mantequilla y confitura de albaricoque. Gestos mecánicos que hacemos todos los días. Me miré en el espejo con prevención. ¿Sería la misma de entonces o ya no? Seguramente ya no. En la radio sonaba un villancico antiguo. Ignoro si en la tradición cristiana ortodoxa existen también los villancicos. Imagino que sí. Para mí la Navidad era volver a aquella foto de W en 1985 o 1986 que alguien me hizo llegar cuando ya era demasiado tarde. Todas las historias de amor son en realidad historias de fantasmas.

El fantasma de W era de los que empiezan a doler tarde. De modo que al principio no reconocí la causa del malestar. Y cuando por fin conseguí identificar ese dolor desconocido, no me quedó otro remedio que intentar comprenderlo, no para curarlo, sino para aprender a vivir con él cuando llegaba, como cuando aparecía una borrasca por el noroeste una tarde de lluvia y sabías que iba a quedarse ahí un rato largo. Para eso estaban los impermeables con capucha.

Mientras le daba vueltas al *e-mail* de mi agente, mi mente renqueante empezaba a ponerse en funcionamiento. Ya había decidido que el prólogo de diez o quince folios que me había propuesto se me quedaba corto. Pensé que después de tres años sin publicar, quizá había llegado el momento de intentarlo de nuevo con una novela. De alguna manera subliminal y del todo imprevista, la historia entre Albert Camus y María Casares había creado una rendija por la que podía asomarme a mi propia vida. Abrí un archivo de Word y, sin escribir nada, le di a guardar. No sabía por dónde empezar.

El amor es una de las cosas más difíciles de contar. A poco que lo intentas, las palabras se quedan cortas o se pasan de largo que es peor. Cualquier desliz puede inclinar la balanza hacia lo cursi, hacia lo obvio. Era consciente de ese riesgo. En cada pareja existe una determinada forma de hablar, una manera particular de construir las frases que conforma un lenguaje propio lleno de inflexiones privadas, de campos semánticos abiertos que a veces se convierten en campos de minas, hay que tener cuidado. Un idioma que tiene sólo dos únicos hablantes en el mundo y que abarca un territorio que no figura en ningún mapa, un país sin estado, por así decirlo.

Todo eso a W y a mí nos vino dado desde el primer encuentro en un lugar rodeado de montañas. Los lugares son importantes. Imprimen carácter. En el escenario del primer recuerdo ya está todo, aunque no lo sepamos. Aunque no entendamos todavía qué es, qué significa. Yo no lo sabía. Por supuesto, entonces nunca hubiéramos imaginado lo que nos esperaba. Ni él. Ni yo.

Para escribir de algunas cosas hace falta cierta distancia. ¿Cuánta distancia? Ah..., eso no se sabe. Un año. Dos años y tres meses. Tres años y un día. Depende. Hay que ir probando. Se necesita, eso sí, que se haya asentado el tiempo a nuestro alrededor. Si no se asienta el tiempo, es imposible. Y aun así...

Dejé el ordenador encendido y salí al balcón a probar la mañana. Es una cosa que me gusta hacer, porque la mañana muchas veces trae hechizos en el aire. Y para escribir son necesarios esos hechizos. La decisión estaba tomada. Durante toda la noche había estado dándole vueltas al asunto desvelada y a oscuras, mirando cómo iban pasando los números del despertador digital igual que en una cuenta atrás. La cabeza me hervía. Escribiría el libro, tal como había intuido Anna. Pero no sería una novela al uso, sino una historia real, cosida a la verdad, amasada con hechos y personajes de carne y hueso. Tenía riesgos, por supuesto, como siempre que se trabaja con material inflamable. Necesitaba reafirmarme. Vale, me oí murmurar desde el balcón, infundiéndome ánimo: «Vamos allá».

Mi historia con W podía haber sido una de esas historias en las que, al cabo de los años, te vuelves a encontrar de casualidad, coincides en un aeropuerto internacional, en la Feria del Libro de Fráncfort o en la de Guadalajara, y te saludas con sorpresa, exagerando un poco los gestos. Te preguntas cómo te va, qué tal la vida y esas cosas, mientras tomas nota del paso de los años con cierto desasosiego retrospectivo, pero sin descomponer la figura. Una mano en el bolsillo de la chaqueta y la otra, sujetando el asa del tróley, tranquilamente, sonriendo, apartándote de la frente un mechón de pelo, un parpadeo rápido mientras calibras los cambios en la manera de vestir del otro, las arrugas nuevas, el pelo empezando a escasear en las sienes, no mucho, sólo un poco, la inclinación precisa de la mirada, cierto cansancio por el *jet lag*, algún silencio un poco incómodo. Dos antiguos amantes que se reencuentran en una zona de tránsito. La nuestra podía haber sido una historia así. Una historia como tantas.

Pero no.

4

Dejaron la bicicleta atada en el entresuelo. Entraron en el apartamento a trompicones, él tratando de desabrocharle torpemente el vestido, aquel vestido tan glamuroso de Rochas. Al besarse en el rellano, cada uno descubrió su propio sabor en la boca del otro. La mano de ella por debajo de la camisa de él, los dos jadeantes cuando por fin lograron meter la llave en la cerradura. Parecían dos exaltados. De pronto, ya no bromeaban, ya no estaban en París ni en ningún otro lugar. Ni siquiera sabían quiénes eran. Dos desconocidos. Se abrazaron así apoyados contra la pared, sin sonreír, callados, repentinamente serios, amparados por la leve penumbra que entraba de la calle. Él se apartó apenas unos pasos para correr las cortinas. Al volverse, ella ya se había quitado los zapatos y estaba sentada en la cama con las piernas flexionadas, abrazada a las rodillas.

Así que iba a suceder, pensó él, sin acabar de creérselo. Lo que aquella tarde, cuando acudieron a la fiesta de Dullin en Montmartre, era sólo una posibilidad remota, iba a cumplirse. ¿Lo deseaba? No podría asegurarlo con certeza.

Se sentó a su lado y le susurró algo al oído. Muy bajito. Cuando se inclinó para besarla, a ella le cambió la expresión. Se le afilaban los pómulos con una seriedad parecida al abandono, los labios entreabiertos, los tendones del cuello en tensión, las clavículas... A él lo que le fascinaba era la arquitectura de sus huesos, la espalda estilizada como la de las ninfas de las fuentes romanas. En algún momento le desató el pelo que llevaba recogido en la nuca. Entonces ella cerró los ojos, pero no pronunció su nombre, no se atrevía a traspasar esa frontera. Necesitaba ganar tiempo. Levantó los brazos en un escorzo de bailarina y se quitó la ropa.

Respiraban el uno contra el otro como si de pronto les faltara oxígeno. La opresión en el pecho, la ingravidez en el estómago, el estremecimiento... Pararon un segundo para recuperar el resuello y entonces ella se dio cuenta de que algo no estaba yendo como debía. Fue una intuición femenina. Introdujo una mano casual y cálida bajo las sábanas y entonces se percató de la situación en toda su magnitud. A él se le cayó el mundo encima, claro.

—*La Garde recule* —se excusó levantando las cejas con una sonrisa encantadora de circunstancias.

Siempre aquel brillo de humor contra sí mismo. Aún tuvo la presencia de ánimo suficiente para decirle que aquello solía ocurrirle sólo las cien primeras veces, pero por debajo de la ironía, su orgullo masculino estaba tocado.

A ella le hizo gracia que sacara a relucir la gran derrota napoleónica de Waterloo en términos estrictamente sexuales. Se echó a reír con ganas, besándolo por toda la cara, divertida y tierna. *Il ne se passe rien.*

Probablemente nunca lo quiso tanto como en aquel momento. Lo quiso de otra manera, quizá más verdadera, pero no como esa noche. Ojeroso, atractivo, la expresión de un hombre hecho y derecho que no las tiene todas consigo. El amor en vilo. Aún no sabían manejar la llamarada.

No se acordaban muy bien de los detalles. Pero los dos se dieron cuenta de que salió mal. Lo hicieron todo al revés. Un desastre. En los códigos norteafricanos existía ese momento crítico en que a un hombre le toca purgar todo cuanto de malo pueda haber hecho en la vida. Camus no era diferente en eso.

Cuando la primera vez no sale bien, es preciso mejorarlo. No queda más remedio. El enganche viene de ahí, de ese malestar efímero. De esa insatisfacción. Una vela que no arde.

En medio de la debacle buscaron instintivamente la manera de hacerse necesarios el uno para el otro. Y la encontraron. María tenía recostada la cabeza sobre su hombro. Cogió con la mano izquierda el cigarrillo encendido que él le tendía, volutas azules y grises saliendo despacio de sus labios.

—¿En qué piensas? —le preguntó.

—En nada —dijo él, como si regresara de muy lejos. Se quedó un poco callado. Parecía buscar una idea difícil de concretar, o de explicar—. No sé... —soltó al fin—, a veces tengo miedo a dejar de saber quién soy.

Todo el mundo tiene algún miedo. Un terror propio, particular, impreciso. Miedo a no reconocerse, a perderse en un laberinto de caminos, a llegar tarde, a no llegar. Camus pensaba en lo lejos que estaba de los olores y del viento salado de algunos atardeceres de Argel... en las canteras de caliza azul de Bab El Oued, la ciudad en semicírculo alrededor de la bahía con las casas blancas colgadas de la colina. Podría señalar en un mapa imaginario el lugar exacto donde se situaba Belcourt, su barrio, en el que vivió hasta los diecisiete años. Un arrabal pobre, junto al matadero, donde un obrero de treinta años ya había jugado todas sus cartas. Esa era exactamente la edad que él tenía entonces.

Se volvió hacia ella para apartarle el pelo de la frente, le rozó los labios con los dedos y se la quedó mirando sin verla, con aquella mirada suya un poco vuelta hacia dentro. Fue entonces cuando se lo dijo.

—A lo mejor no tengo mucho tiempo.

Ella no entendió al principio a qué se refería.

—¿Qué?

—Nada... —dijo él y tragó saliva como quien hace acopio de aplomo— que a veces escupo sangre.

Luego enmudeció como si se arrepintiera o como si esperara algún comentario por su parte. Pero ella no dijo nada. Se limitó a asentir, apurando el cigarrillo. Tenía la intuición suficiente para saber cuando sobraban las palabras.

Además, no era algo de lo que fuera a asustarse ni mucho menos. Su padre, Santiago Casares Quiroga, el exministro republicano, era un tuberculoso veterano. Estaba acostumbrada a bregar con la enfermedad. Aunque eso él no podía saberlo, claro.

Parecía que, sin proponérselo, todo fueran puntos de conexión: su condición de exiliados, el desarraigo, la desazón, el bacilo de Koch... También les unía su pasión por el teatro, desde luego. Cuando ella le había preguntado por sus proyectos en la fiesta, él le había contestado con evasivas, que estaba trabajando en un ensayo sobre la rebeldía. Tenía pensada una novela sobre un hombre que fija con un año de antelación la fecha de su propia muerte. Esa era la idea que lo obsesionaba.

Estuvieron así un rato. Sin decir nada, sólo fumando.

—¿Qué es lo que más echas de menos? —preguntó ella.

—El mar —contestó sin dudarlo.

—¡Bah! —Por su expresión él ya supuso que iba a hacer alguna observación irónica o provocativa—. Apuesto a que ni siquiera sabes nadar.

Consiguió que él se riera. Otra vez aquella sonrisa que lo borraba todo.

—Casi aciertas —dijo.

Camus había aprendido a bracear al estilo perro con un flotador de corcho en la Playa del Arsenal. Ella se dio cuenta de que ese era el lugar al que él regresaba cuando de repente se le ponía aquel puntito raro en la mirada. Reconoció su nostalgia de exiliado en la manera en la que hablaba de los lugares de su infancia, la *casbah,* la fábrica de cerámica, los viejos cines: el Roxy, el Alcázar, el Lux... Los braseros de los vendedores de té cuando empezaba a despuntar el día con los obreros apiñados alrededor de las hogueras, el canto del muecín, los corderos sueltos volviendo al atardecer por la carretera.

Llevaban un rato hablando en voz baja como hacen los niños en su cuarto con la luz apagada. Esa sensación de susurrar y que te susurren al oído, un vuelo rasante hacia la infancia. Los amantes necesitan extender sus alfombras rojas para recibir al otro.

—Y qué hay de ti... ¿Nunca te acuerdas de lo que dejaste atrás?

—Procuro no hacerlo —dijo frunciendo un poco el ceño, como si experimentara la clase de contradicción en la que los gallegos suelen caer cuando intentan pensar en el sitio del que vienen—. Sólo me acuerdo a veces.

—Ya.

—Allí todo es distinto.

Entonces le tocó el turno a ella. Habló de su casa coruñesa de la calle Panaderas, en el Atlántico, con una puerta verde en la parte trasera que daba a un jardín cerrado de hiedras y madreselvas. Los árboles brillantes y negros en días de tormenta, los dientes de león. Se acordaba de eso. De los niños rubios, de los paisajes cambiantes, de las historias aterradoras de la Santa Compaña que le contaba una costurera de Cambre que iba a bordar a su casa. Otras cosas, sin embargo, prefirió callárselas. Habló del rumor tan fuerte de la resaca del mar en la playa gallega de su infancia. María sí nadaba bastante bien.

—Como una lubina salvaje —dijo presuntuosa.

Y así empezaron a competir. A ver quién podía más. Ella con su océano bravo, él con su Mediterráneo mítico, disputándose el título honorífico del rey de los mares. Cada cual con su orgullo. Medio en broma, medio en serio. Imponiéndose el uno al otro en aquel juego fascinante en el que los dos querían ganar. Como si eso fuera posible.

María miró de soslayo el apartamento donde había notado desde que llegaron, hacía apenas unas horas, un aire de provisionalidad que la hacía sentirse a gusto, las paredes desnudas con un extraño trapecio colgado del techo. Se ponía a hablar y lo hacía dando vueltas, no como él que hablaba en línea recta. Sin embargo, sus voces se acoplaban bien. Todo estaba allí a la vista. En realidad, todo es visible desde muy pronto en cualquier relación. Los indicios rara vez engañan. Basta con saber verlos.

Oyeron un ruido al otro lado del tabique que daba a una galería cubierta. Una especie de chirrido como de una polea oxidada. Ella se incorporó sobresaltada, pero él la tranquilizó aguzando el oído con un dedo sobre los labios durante unos instantes. En los áticos se oía toda clase de sonidos. Podía haber sido cualquier cosa, una chimenea atascada, el desagüe de una cañería, un golpe de viento, la carrerilla de un ratón por el techo... No le dieron más importancia. Una sombra oblicua cruzó a un lado de la ventana, apenas un segundo, como el barrido de una linterna de mano. Pero el amor no ve nada. Es ciego.

Se concedían treguas y vuelta a empezar. No recordaba exactamente cuántas veces lo hicieron. La sensación era la de estar a punto de caerse de un momento a otro, sin que bajara un ápice la intensidad del deseo y sin que tampoco mejoraran mucho las cosas sobre el terreno. Ella pensó con razón que efectivamente aquello no podía durar.

Intentó calcular la hora por la luz ambigua que entraba por la rendija de la ventana. Creyó que él estaría dormido, pero al girarse vio que tenía los ojos abiertos y miraba hacia algún punto del techo donde había una mancha de humedad, como un continente lejano. Aquella distancia que ella había reconocido a primera vista como una de las razones más antiguas del desarraigo. Ahora ya sabía a dónde iba cuando se quedaba callado.

Camus tenía una cicatriz en la ceja izquierda. Ella colocó su dedo índice sobre la pálida aureola de esa herida.

—¿Cómo te lo hiciste?

—Fue durante un partido de fútbol —dijo— cuando tenía once años.

Solían jugar en un descampado de tierra al salir del instituto, le contó. Y revivió para ella el momento exacto en que había ocurrido, mientras trataba de llevar el balón con la cabeza hacia la portería después de un rebote bajo. Ella se bebió sus palabras como un cáliz. ¿Es posible enamorarse de una voz? Vio la jugada completa a cámara lenta, el defensa contrario avanzando desde atrás, él cayendo de lado golpeándose muy fuerte contra el poste. Supo que se había hecho daño por el gesto de contracción, el recuerdo del dolor. Se abrió un tajo profundo en la carne, como un navajazo, quedó ciego momentáneamente, con el ojo bañado en sangre. No veía nada. Pero aun así continuó jugando.

Todavía ahora, cuando iba cada semana a la sesión de insuflación para el neumotórax en el hospital donde le trataban la tuberculosis y sentía la punzada de la aguja al introducirle la sonda en los pulmones, volvía a aquel partido, años atrás, en un descampado de Belcourt cuando era un niño. Se acordaba de la ceguera repentina. Del dolor como el crujido de un caparazón rosado. Y de que siguió jugando.

—Todo lo que sé sobre la moral lo aprendí en un campo de fútbol, durante mi infancia en Argel —le confesó.

Ella entendió entonces algunas cosas. No todas las cosas. Sólo algunas. Tenía recostada la cabeza sobre su hombro y le pedía que le contara más. Necesitaba ese conocimiento igual que un pájaro que va ganando velocidad antes de emprender el vuelo. ¿Cómo podía ocurrir algo así? ¿Enamorarse de buenas a primeras? No. Ella no creía en semejantes pamplinas.

Pero él sabía dosificar los elementos de su relato, palabra a palabra, para algo era escritor. Todos los novelistas saben que las historias son siempre una prórroga. Nos permiten vivir un día más, una noche más. Y él quería seguir viviendo, claro.

No podían dormir. Hablaban sin parar, llevaban las palabras más allá de su significado, para lograr la mayor intimidad posible. La abuela de Camus era de origen español, menorquina. Otra cosa que les unía. El linaje de un país de hidalgos pobres. «La pobreza no se elige, pero puede conservarse». Frases que se quedaban prendidas de la memoria, bailando al borde del abismo, a punto de perderse, pero sin perderse.

No le mintió sobre su vida. Fue esa misma noche también cuando ella supo de la existencia de otra mujer joven que esperaba en Argel el final de la guerra para reunirse con él. Hubiera preferido que no se lo contara. Que se lo guardase para él. La maldita sinceridad. Lo miraba muy de cerca en la penumbra. No imaginaba que fuera un hombre casado. Casi siempre sabía manejar la curiosidad, pero de pronto sintió la urgencia de saber más.

—¿Cómo se llama? —preguntó simulando cierto desinterés, como quien pregunta por una pariente muy lejana.

Lo vio pasarse una mano por el pelo, confuso.

—Francine —dijo.

Le escoció el nombre como una mordedura pequeña en la base de la lengua. Sintió una sequedad en la boca, un malestar nuevo, no tanto contra él como contra sí misma por no ser capaz de callarse a tiempo. ¿Qué le importaba a ella cómo se llamara o se dejase de llamar? No se perdonaba la torpeza.

Por parte de él, el origen de la atracción no estaba claro, pero era incontestable. ¿Qué es lo que hacía tan deseable a aquella mujer? ¿Qué le seducía de aquella actriz aparte de lo evidente?: ¿su juventud?, ¿sus clavículas?, ¿la voz grave?, ¿los ojos verdes que le daban aquel aire trágico de musa helénica? Siempre le fascinaron los mitos clásicos. La nariz más bien asiria o sumeria. Entonces aún no conocía la fuerza de su carácter, pero ya intuía que todo se trataba de un combate en el que ella siempre iba a querer llegar más lejos. Tenía genio, la había visto encima de las tablas. Algo electrizante que en el argot del teatro se llama *temperamento*. Quizá fuese por el hecho de ser española. Unos orígenes que él asociaba ingenuamente con cierto espíritu caballeresco al que se sentía unido por lazos de sangre. Frente a una Francia mansa, el idealismo de Don Quijote.

Y, por si fuera poco, la chica era republicana y, de alguna forma, mártir de una causa justa, perdida y vagamente romántica. Además, le parecía tan excitante y trágico amarse en un mundo en guerra, bajo la amenaza inminente del desastre. Tan tremendamente adictivo, con la brutal descarga de adrenalina que daba a cada encuentro el vértigo del riesgo. Le gustaba mucho el salvajismo de aquella María que amó en 1944.

Los despertó una raya de claridad. Había un cuadrado gris al otro lado de la calle. Camus abrió la ventana y encendió un cigarrillo. Había notado algo, una mínima variación, como si hubiera cambiado el viento. No había estrellas, sólo un ligero resplandor sobre los tejados de pizarra, el aire matinal cargado con el olor a leña y a cáñamo. El frescor de una madrugada que iba a cambiar el mundo. 6 de junio. Sobre la mesita de noche quedó la nota a lápiz sobre una hoja de calendario. Aquello sobre el desierto y la sed. No sabemos a ciencia cierta quién de los dos la escribió. Da igual quien lo hiciera. Ella se echó algo por los hombros. Se apoyaron uno en el otro. No había café. Él le preparó una taza de chocolate caliente.

Le echó una cucharada en polvo y vertió después directamente el agua caliente del grifo.

Les dio la sensación de que en el exterior había un vago revuelo contenido, como el susurro de un millar de abejas. De pronto vieron volar una bandada de pasquines en la calle. Oyeron unos pasos a la carrera. *¡Vive la France!*

A trescientos kilómetros las tropas aliadas habían empezado a romper el cerco y avanzaban ya contra el ejército de ocupación. Se acercaba el momento más peligroso de la guerra. Un enemigo acorralado dispuesto a todo, con francotiradores apostados en cada esquina. Quedaban apenas dos meses para la liberación de París.

Él sentía un caballo desbocado galopándole en el pecho. El corazón también es un arma de fuego. Un obús de largo alcance. Salieron de la rue Vaneau con la sensación de no saber exactamente qué era lo que había pasado en aquel cuarto durante toda la noche. Pero con la convicción de que, fuera lo que fuese, había sido cualquier cosa menos sexo.

«Un amor no se conquista en el mundo, sino en uno mismo» —escribió Camus.

Bueno, ya lo veríamos...

5

El comienzo de una novela se parece bastante a cómo se viven las primeras horas de un amor, cuando todo a nuestro alrededor es una isla fabulosa y radiante. La vida cambia en un instante. Una puede no darse cuenta de que habita en otra galaxia, que la atmósfera que respira es diferente, nueva y más frágil, como un cristal a punto de romperse. Una puede tardar en saber que está enamorada. Pero da igual. Lo está. Y no hay nada que hacer.

El oficio de escribir y la pasión amorosa son dos garzas reales que van a beber juntas a una fuente tan lejana que no hay camino de vuelta. Del mismo modo que el amor te aísla del mundo, el alumbramiento de una historia también te traslada a otro planeta. El mío estaba en un quinto piso del Ensanche de Valencia. Una buhardilla con un balcón a la avenida Antic Regne. Me senté en mi escritorio, que a fin de cuentas iba a ser mi campo de batalla durante los próximos meses, con las luces del árbol de Navidad girando en el techo, una bandeja con la cafetera y los restos del roscón de Reyes que me había tocado en la rifa del periódico, un montón de libros, fotocopias, varias libretitas Oxford de bolsillo y un Mac Book Air de 13 pulgadas.

Entre la documentación había encontrado numerosas fotografías de Albert Camus y María Casares, juntos y por separado. Me gusta tener cerca a mis personajes. En una de ellas, el escritor llevaba una bufanda anudada al cuello y el abrigo de espiguilla que le prestó su editor, Michel Gallimard, cuando llegó a París sin blanca. Siempre tenía frío. Estaba leyendo el periódico en la terraza de un café. No puede decirse que fuera un hombre especialmente guapo, pero sin duda era un tipo interesante.

Una cosa es el físico y otra, el atractivo. El primero lo da la genética, que es muy puñetera. El atractivo, por el contrario, es enteramente mérito personal de cada cual, y se pule con inteligencia, esfuerzo, un poco de ironía... Esa arruga en el entrecejo, propia de alguien en plena batalla, la forma de leer el periódico, el abrigo siempre grande (a dónde van esos hombres corriendo a todas partes con chaquetas entalladas de figurín, por favor...). Y, sobre todo, lo que no se ve: el porte, el aplomo, la cortesía... Un tipo interesante.

W tampoco era particularmente guapo. Pero tenía ese atractivo lejano de los hombres inteligentes. Lo conocí en un congreso de escritores que se había celebrado hacía tres años en el valle de Arán. Fue el último fin de semana de primavera, de jueves a domingo. El programa completo incluía mesas redondas, caminar por los valles, gastronomía local, senderismo, proyecciones de documentales y debates. En contrapartida, había que escuchar teorías originales y disparatadas. Escritores de mapa y escritores de brújula, personajes de carácter o de destino, la autoficción, reírse con los chismes del mundillo literario... Esas cosas.

¿Harían lo mismo los escritores del grupito de Saint-Germain? Seguro que sí. A pesar de la trascendencia de sus opiniones y del momento histórico que les tocó vivir, el estallido de una guerra y sus consecuencias, también tenían sus cotilleos. Eran célebres los intercambios de parejas que promovía Simone de Beauvoir —el Castor, como la apodaban los íntimos— en su habitación del hotel La Lousiane; los *ménage à trois* en los que participaba su compañero, Jean Paul Sartre, sus componendas. Aspiraban a la emancipación sexual. Pero Camus tuvo la desfachatez de rechazar sus ofrecimientos. Prefería elegir él mismo a sus parejas. No debió de gustarle mucho ese gesto temprano de disidencia al temible Castor ni al gran filósofo, considerado ya el gurú de su generación. Por la cama empiezan muchos problemas.

Pensaba en esas cosas mientras tecleaba en el ordenador de madrugada, con el flexo encendido y la mesa llena de notas subrayadas. El *e-mail* de Anna había desatado dentro de mí una tormenta de energía y los recuerdos cabrilleaban por los bordes de mi memoria como gatos perdidos. Las palabras emergían a la luz pálida de la pantalla, una por una, con precisión. Notaba todos los músculos en tensión, el pulso firme, seguro, la energía concentrada en la yema de los dedos, como si tuviera un arma en la mano.

La locomotora de la Navidad había llegado al final de su recorrido, pero no me apetecía nada tener que desmantelar el árbol y guardar los adornos en el altillo del armario. Todos los años me ocurría lo mismo. Habían sido unas fiestas distintas, un poco a salto de mata: las copas de Nochebuena en casa de un fotógrafo en la Malvarrosa; Nochevieja en un bajo que alquilaron Joaquín y Carles, mis vecinos de al lado; y Año Nuevo brindando por Skype con mi hermana desde Pittsburgh, con el tobillo enyesado y un gorro de reno. No podía quejarme. Nada de mazapán ni sobremesas de empacho y, a cambio, un montón de tiempo para mí. Además, después de todo, había tenido mi regalo, aunque entonces aún no lo sabía.

Mientras pensaba si recoger el árbol o dejarlo puesto unos cuantos días más, mi mente volvió a aquel festival de montaña en el valle de Arán. Había un banquito de madera frente a las cumbres con nieve. Las lecturas estuvieron bien. Me gustó encontrarme con el escritor Juan Laborda y hablar sobre la actriz de cine mudo Alice Guy en la barra de una tabernita de pueblo. Estos encuentros sirven también para facilitar intercambios. Los escritores somos gente solitaria. Me interesó descubrir a una poeta chilena muy joven. «Era distinto descalzarse en invierno / había alegría en Valparaíso. Perdimos las uñas de los pies / en la escollera». Vaya, no estaba mal meter las uñas de los pies en un poema. Se formaban grupitos por afinidades electivas, por lugar de procedencia, por lo que fuera. Conocer a Mario Cruz, por ejemplo, y hablar con él de una serie distópica de moda que habíamos visto en Filmin, mientras deambulábamos por ahí. Lola Mascarell recitando a pleno pulmón como una esquiadora: «¿Qué cosas no sabemos aun sabiéndolas? / ¿De qué rincón salvaje de nosotros / nos habla la montaña?».

Soplaba una brisa de pinos, bebíamos cerveza en vasos de plástico, tenía encanto el lugar. Había una carpa al fondo con los puestos de venta de libros y folletos de pequeñas editoriales independientes. El ambiente familiar me relajó. Yo tenía que hablar sobre la recreación histórica al hilo de una novela que había publicado sobre los maquis, que aquí había pasado sin pena ni gloria, aunque en Francia había tenido buena acogida. En mi intervención estuve correcta, creo. Por lo menos no tosí, que es el peor de mis terrores en público. Luego, la cosa se fue por los cerros perdidos, como siempre. Se habló del libro electrónico, del realismo, alguien sacó a relucir la magdalena de Proust, como si estuviéramos todavía en el Pleistoceno. Se debatió sobre los detectives salvajes, la muerte de la novela, la España vacía o vaciada... Lo de siempre. Después hubo un receso y apareció W, alto, flaco, con su camiseta gris remangada, una parka caqui y unos vaqueros de color rojo muy desvaído. Serio, tímido, un poco fuera de lugar. Extranjero.

Me fijé en él nada más verlo. Tengo un radar infalible para los tipos que pueden complicarme la vida. Por la tarde se reanudaron las mesas redondas. El compromiso del escritor, las postdictaduras, la justicia...

«Entre la justicia y mi madre, mi madre» —había dicho Camus en la Universidad de Upsala, pocos días después de recibir el Premio Nobel. La frase era la respuesta a una estudiante que reclamaba justicia y reivindicaba la independencia de Argelia, mientras el país vivía motines callejeros en los que se arrojaban bombas contra los tranvías. Aquellos tranvías argelinos con los asientos de madera. El transporte utilizado por los trabajadores humildes, por los niños que llevaban la ropa demasiado grande para que les durase más tiempo, por los viejos con sus chilabas grises, por las mujeres de la limpieza, como la propia madre del escritor. La frase dio la vuelta al mundo. Se tergiversó interesadamente. Lo tildaron de tibio, de colonialista. La simpatía romántica con un movimiento de lucha armada siempre resulta más fácil cuando no existe el peligro de que algún miembro de tu familia salga volando por los aires mientras hace la cola del pan. En eso, como en otras cosas, Camus se desmarcaba del radicalismo imperante en la izquierda divina. Para él, el fin nunca justificó los medios.

Y allí estábamos los escritores de nuestra generación, dispuestos a dejar las cosas bien claras, a poner los puntos sobre las íes. De pronto, me entró un hastío terrible. Necesité levantarme a estirar las piernas.

—Sois bárbaros opinando los escritores españoles —dijo W. Y esbozó una media sonrisa de lobo, la nariz grande, la barba castaña, una cerveza en la mano. Había una mesa de caballete pegada a la pared con bebidas. Me sostenía la mirada. No recuerdo qué le contesté. Sólo sé que algo violento me trepó por la espalda y me erguí ante sus ojos como una cobra ante el sonido de la flauta. Nos presentamos con distancia, estrechándonos la mano con gesto masculino. Cogí otra cerveza y salimos fuera.

Hablaba perfectamente español, sin apenas acento. Luego descubrí que también inglés, alemán, francés, italiano, ruso y bastante bien catalán, además de serbocroata, claro. Me pareció un prodigio. Después comprobé que en los Balcanes todos son políglotas de nacimiento, por la cuenta que les tiene.

Yo no había leído nada suyo. Él no había leído nada mío. El aire olía a pinos y a sol. Todo contribuía a una cierta exaltación física. Me pareció atractivo, misterioso, sugerente. Hablamos, bebimos. Era difuso. No acababa de pillarle el punto. Me desconcertaban sus gestos, el lenguaje no verbal. Por ejemplo, cuando quería manifestar que coincidía conmigo en algo, movía la cabeza hacia los lados como negando, y por el contrario, cuando quería discrepar, movía la cabeza en sentido afirmativo. Qué tipo tan raro, pensé. Me espoleaba la curiosidad al máximo. Quería saber cosas. ¿Qué música escuchaba? ¿Qué películas había visto? Paseamos por un camino rural, al fondo estaban las montañas, el rincón salvaje que nos habla de las cosas que no sabemos, aun sabiéndolas. Se dirigía a mí por mi apellido, Franch, y ya nunca me llamó de otra manera. De vez en cuando sonreíamos sin venir a cuento, como puros adolescentes. Se oía un riachuelo cerca. También caminábamos sin hablar a ratos largos, como en un wéstern. En un repecho del sendero me agarró de la mano y yo no hice nada, como si fuera la cosa más normal del mundo. Pero sentí el órdago al instante. El paso siguiente fue tomarme de la cintura y besarme. Sin más. Así se las gastan en la antigua Yugoslavia. Están acostumbrados a apostar. Nos quedamos quietos, pero la tierra se movía rápido debajo de nosotros. Yo estaba muerta y por fin resucité. Me prestó su parka. Empezaba a refrescar.

Supe algunas cosas de él. Tenía treinta y siete años. Tres menos que yo. Hermanos muertos. Amigos muertos. Su padre había desempeñado un cargo importante en los últimos años de Gobierno del mariscal Tito. Había escrito una novela que transcurría en el Imperio otomano. Era casi un crío cuando estalló la guerra de los Balcanes. Tenía quince años el día que ardió la biblioteca de Sarajevo. Odiaba a los serbios. Un cristiano ortodoxo que no creía en nada. Otro que había soltado amarras, otro extranjero más, otro existencialista demacrado. Otro que tal.

Había una distancia mínima entre los dos, como dos páginas de un libro sin abrir, sentí por dentro algo tierno e impetuoso al mismo tiempo, no supe exactamente qué.

«Vamos hasta el final» —dijo después de besarme. Hay frases que se te quedan impresas en la piel como grabadas a fuego y no puedes dejar de oírlas aunque quieras. Atraviesan días de la semana, noches de insomnio, jornadas enteras de trabajo, todo el invierno de la vida cotidiana sin extinguirse. Esa fue una.

Vamos hasta el final.

¿Qué quería decir con eso? ¿Se refería al camino de la montaña? ¿O acaso significaba «vamos a por todas»? No tenía ni idea. La ambivalencia de las palabras, sobre todo cuando quien las pronuncia se expresa en un idioma que no es el suyo. Y ahí está en realidad el nudo de la historia, su ambigüedad.

Intentamos buscar algún rincón más íntimo. El horizonte alto, aquella explosión solar. Pero cada vez que nos apartábamos aparecía alguien, senderistas que venían de hacer la ruta de las siete ermitas, pescadores, una familia con niños llorando. Parecía una conspiración. Al final llegó un miembro de la organización del festival porque había que hacer una foto de grupo urgentemente, era preciso. Nos miramos con frustración, con complicidad. Nos reímos. Una sonrisa intrépida, aventurera, de compañeros de juego.

Lo que no puede ser, no puede ser, y además es imposible. Ya lo dijo un gran filósofo español: el torero Rafael, el Guerra.

Volvimos al hotel para la última cena con la correspondiente lectura final de poemas a la que, bajo ningún concepto, se podía faltar. Estábamos rodeados. No había manera humana de escabullirse. Si no nos reclamaba la secretaria de la organización, era el coordinador de contenidos o el concejal de cultura. Yo veía a W atender a todos con amabilidad, sin que se le notara apenas el fastidio, con un codo apoyado en la mesa, delante del plato que apenas había probado, me miraba y levantaba las cejas con cara de circunstancias, yo le sonreía más bien con desesperación. Me había tocado al lado un crítico literario empeñado en volcar sobre mí toda su erudición al completo, hasta la última nota a pie de página. Pensé que el tipo no iba a callarse nunca. Y así continuó la velada, sin la más remota posibilidad de fuga hasta que alguien decidió darla por terminada con dos palmadas porque al día siguiente tocaba madrugar. Nos retiramos en grupo a nuestros aposentos como colegiales, el de W estaba en el ala opuesta del edificio. Cada mochuelo a su olivo. Hizo un gesto difuso, medio resignado, que interpreté como *Maybe the next time*. Me costó conciliar el sueño esa noche. Hacía tiempo que mi vida sentimental transcurría sin grandes sobresaltos. No sabía cómo encajar lo que había pasado, o más bien, lo que no había pasado. W y yo nos despedimos al día siguiente en la puerta del hotel con dos recatados besos en la mejilla. Cada uno rumbo a su autobús de vuelta, camino del resto de su vida. Yo a Valencia. Él a Barcelona, donde estaba acogido en un programa de ciudades asilo para escritores del PEN Club Internacional.

Pero antes de acomodar su equipaje en los bajos del autocar, mientras me estaba despidiendo de los demás, se acercó en un aparte, como si se hubiera olvidado de algo importante, y dijo en su idioma «*Pusti me unutra*», y a continuación repitió la frase en inglés y luego en español. Por si hubiera lugar a dudas. «Quiero estar adentro en ti». Lo dijo exactamente así, con esa incorrección gramatical, justo antes de subir al autobús, serio, mirándome a los ojos. Y eso fue todo. Me anotó su móvil y su *e-mail* en un papelito. Yo reaccioné torpemente dándole mi tarjeta de presentación como si fuera una abogada penalista, y nos dijimos adiós.

Quiero estar adentro en ti.

Otra frase que atravesó los trescientos kilómetros del camino de vuelta intacta y sin dejar de abrasar. No dijo «quiero acostarme contigo», ni «hacer el amor», ni siquiera «volver a verte». Dijo otra cosa. De otra manera. Los escritores somos especialmente sensibles a la forma en que se formulan las oraciones. Nos va la vida en ello.

El enamoramiento es un cortocircuito.

«Se ha ido la luz —le escribió Albert Camus a María Casares desde Auvernia—. Con la tormenta se han fundido los plomos. Escribo tu nombre en la oscuridad, María querida».

El amor se escribe a oscuras.

6

Después del primer encuentro, María empezó a mostrarse más cauta, concentrada, como si quisiera leerle la mente a Albert. No se fiaba. Estaba inquieta. A veces cuando él la miraba de frente, leal, con aquellos ojos de perrazo de Terranova, pensaba que lo tenía. Pero de pronto, cuando se quedaba respirando a su lado, muy cerca, lo sorprendía con una expresión que la hacía dudar, como si se diera cuenta de que había algo que ella nunca podría controlar del todo. Desde luego era distinto a los hombres que había conocido hasta entonces, en ocasiones parecía más bien inglés, en el sentido de que en algunas cuestiones evitaba ser explícito. Lo percibía a veces lejano y reaccionaba ante esa aparente distancia con soberbia. En una ocasión en la barra del Méphisto coqueteó con otro hombre delante de sus narices, como provocación. No se arrepentía. Lo único que lamentaba era la indiferencia tolerante con la que él se había comportado, media sonrisa esbozada, como si ella fuese una niña malcriada. Una mano estudiadamente metida en el bolsillo, el movimiento de agitar los cubitos de hielo con el dedo dentro del vaso, ¿de dónde le venía esa superioridad? No entendía su actitud. A veces le daban ganas de montarle una escena. Sabía cómo hacerlo. Para algo era actriz. Pero lo que de verdad le gustaría era meterse dentro de su cabeza cuando se quedaba callado, aunque tuviera que tirarle el contenido de su copa a la cara para abrirle los ojos. No sabía que el silencio es el arma con la que algunos hombres tratan de sujetar las riendas. Se había jurado a sí misma que no iba a complicarse la vida. Sin embargo, cuando dormían juntos, era ella la que necesitaba con frecuencia llevarse la mano al corazón como si quisiera aplacar los latidos desbocados con ese gesto de contención.

Al principio de aquel invierno de 1943, algunos meses antes de la fiesta en casa de Charles Dullin y de que sus vidas dieran un vuelco, había pasado otra cosa. Algo quizá insignificante. Una pequeña gota de agua en el océano.

En sus primeros meses de vida parisina Albert Camus ya había pensado en ello. Nunca fue de los que escurrían el bulto. Había tenido tiempo para darle vueltas a ciertas ideas en la cabeza. Y estaba decidido.

El portal se hallaba situado en una bocacalle de la rue Sébastien-Bottin, no lejos de la editorial Gallimard. Había memorizado la dirección. Al principio no se reconoció con corbata y americana. Parecía mayor de lo que era. Los ojos cercados por sombras oscuras, el mentón apretado, las orejas pequeñas, el perfil discreto para pasar desapercibido, pero al mismo tiempo lleno de firmeza. La expresión de un hombre cansado que intenta mantenerse a flote. Sus rasgos empezaron a emerger poco a poco del ácido en la cubeta de revelado. Se encontraba en el lavabo de un sótano sin ventilación, envuelto por la penumbra de una bombilla forrada de celofán rojo. Fue allí donde le entregaron la documentación falsa a nombre de Albert Mathé. En la cédula, además de la fotografía, figuraba su firma, sus huellas digitales y una póliza con el sello oficial del Ayuntamiento de París. Junto al carnet recibió también el resto de los papeles, una acreditación de prensa, los vales y una cartilla de racionamiento. No es que se sintiera mucho más seguro con su nueva identidad, pero si iba a correr riesgos, más valía tomar precauciones.

A Camus aquella doble vida lo extenuaba y al mismo tiempo era el mejor antídoto contra la fiebre que lo consumía por dentro. María había entrado en su mundo como un vendaval. No podía apartarla de su cabeza pese a que intentaba mantener la calma. Con ella resultaba difícil, no era una mujer dócil. Nunca sabía por dónde iba a salir. A veces ponerse frente a ella era como hacerlo delante de una ola muy hinchada en el momento de reventar. Demasiado impulsiva, quizá por su juventud, arrogante con el mentón erguido, pero con un rastro de fragilidad que lo enternecía por dentro, como una niña a la que hubieran dado un empujón en el patio del colegio y reaccionara sacando las uñas antes de tiempo.

Su carácter le despertaba emociones que conectaban con su lado más secreto y que evitaba manifestar en público. Había sido educado para mantener la compostura. La veía incluso en sueños, siempre, con sus ojos verdes brillantes, irónicos. Intentaba descubrir qué quería transmitirle con aquella mirada. Todavía no lo sabía. Esa incertidumbre lo volvía loco de deseo. Se esforzaba por no pensar tanto en ella, llegó a imponérselo casi como una disciplina. Hacía horas extras en el despacho de Gallimard como encargado de la selección de textos literarios, pero una parte de los escritos que recopilaba eran en realidad informes sobre los movimientos de las tropas alemanas. En la editorial el que más y el que menos participaba de las actividades de la Resistencia.

Al principio su aportación se limitaba a acciones de vigilancia. En una ocasión permaneció más de dos horas apostado en la esquina de la rue Saint Jacob mientras Marguerite Duras y su compañero, Dionys Mascolo, sacaban documentos comprometedores de un domicilio situado a pocos metros del café de Flore.

Más difícil resultó encontrar un escondite seguro para un maquis. Un tipo rubio, de casi dos metros, con la cara afectada de rosácea y acento extranjero.

Había conseguido escapar de un bombardeo contra la guerrilla en la Dordoña. Sus características físicas complicaban que pudiera pasar desapercibido. Finalmente, Camus se las apañó para meterlo en una habitación con una mujer que acababa de dar a luz y su bebé. El hombre pasó varios días cambiando pañales y preparando biberones. Hasta mucho más tarde no supieron que habían dado cobijo al oficial británico conocido con el sobrenombre de George el Inglés, uno de los mayores responsables del mando interaliado.

A veces tenía la sensación de encontrarse dentro de un espejismo. Firmaba sus obras de teatro como Albert Camus, pero los artículos periodísticos, con seudónimo. En la clandestinidad era Albert Mathé. Demasiados nombres... También pensaba en su otra vida que el curso de la guerra había cambiado de plano. La victoria aliada sobre el Afrika Korps de Rommel, mientras él se hallaba en una cura de reposo en un sanatorio de Provenza, había pillado a Francine en Argelia. Y el desembarco americano en el Norte de África hacía imposible cualquier comunicación con Orán. En un primer momento, Camus se había planteado la posibilidad de cruzar por España, franqueando los Pirineos, para reunirse con su mujer, pero hacía tiempo que ya no lo pensaba. La preocupación y el estado febril de agotamiento se veía acentuado por la enfermedad. Cuando le dolían los pulmones, aguantaba con aspirinas y ginebra. Si se encontraba muy mal, se metía en casa para apartarse durante horas de las miradas ajenas. Sentía esa necesidad de esconderse en la madriguera, como las fieras. Era un hombre orgulloso. No soportaba que su debilidad le arrebatara la menor pizca de emoción.

Trabajaba en otra nueva obra, pero todo lo que escribía lo hacía pensando en María. Para que ella lo interpretara, para que encarnara a sus personajes sobre el escenario con su voz que salía del fondo de un pozo, con el perfil afilado y tenso. No conseguía eliminar su cuerpo de la página. Los brazos largos y elásticos, las muñecas tan finas, la planicie de su estómago donde a él le gustaba apoyar la cabeza al final del día.

Solía esperarla a la salida del teatro después de los ensayos de *El malentendido*. Pese a todo lo que sucedía alrededor a una velocidad de vértigo, las funciones nunca llegaron a interrumpirse del todo, salvo en contadas ocasiones debido a las restricciones de fluido eléctrico. Era una experiencia cautivadora ver a la mujer de la que estaba enamorado encarnarse en un papel inventado por él mismo, moldearse, pronunciar sus palabras. María era un río sinuoso lleno de rápidos y corrientes profundas que quería navegar hasta el último confín. Un sueño de carne y hueso. Le gustaba la forma en que ella se desprendía del personaje a la salida, como si dejara la gabardina colgada del perchero detrás de la puerta. Ahí te quedas. Entonces la tomaba por el hombro y se iban juntos a los garitos llenos de humo de Saint-Germain a tomarse unos *Turin-gin* y a escuchar *jazz*. Discos de Django Reinhardt y Stéphane Grappelli grabados poco antes de la guerra. Ella se movía como un galgo y alargaba el cuello cuando él le susurraba algo al oído mientras bailaba con la cara pegada a sus hombros. El Vert, la cervecería Lipp, el Méphisto y más tarde Le Tabou, cuando se inauguró, eran los santuarios más frecuentados por gente de la Comédie-Française y por artistas y escritores de todo pelaje. Después de las doce de la noche reinaba el toque de queda, pero en ciertos ambientes a los alemanes les convenía hacer la vista gorda y dar una apariencia de relativa libertad de movimientos. Poetas, pintores, dramaturgos. Los Sartre y toda su corte eran habituales. Sólo eran un grupito de intelectuales que aspiraba a cambiar el mundo.

Había noches en las que Camus no soltaba palabra, se limitaba a estudiarla. Mantenía el aire de descuidada indiferencia de los que eligen por gusto el margen de las cosas. En la oscuridad se movía como un sonámbulo, un poco desacompasado. Sin embargo, durante el día, todos sus sentidos estaban erizados.

Se quedaba en la editorial hasta tarde. Un día, cuando se habían ido todos, puso el despacho patas arriba. Revolvió cajones, abrió armarios hasta que al fin encontró lo que buscaba. Dos enormes bobinas guardadas en una caja de latón. Contenían la película que André Malraux había rodado en España sobre su novela *L'Espoir*. Pensó en ella, claro. Fue en quien primero pensó. A María Casares la Guerra Civil la había quebrado por dentro. Aún no tenían nada que celebrar. Pero esas cintas eran una especie de regalo íntimo.

A menudo, después de una ardua jornada, lo único que lo mantenía a flote era la presencia de ella. Su mano tibia que sintió de repente en el cuello, como el roce de una pluma, en la parada de metro de Étoile-Nation, el agua de la fuente filtrándose entre sus dedos cuando jugaba a salpicarlo una tarde de viento en los jardines de Luxemburgo, su manera delicada de entrar en las librerías como en un templo, casi de puntillas sin apenas pisar el suelo, el amor a toda prisa en un trayecto de taxi desde el Pont Neuf al Rose Rouge Club, el ingenio que desplegaba para salir de una encerrona por donde menos se esperaba.

Volvían andando por la calle, cerca del metro Réamur-Sébastopol, cuando les dieron el alto. Toda la manzana estaba cortada. Policías franceses y alemanes habían bloqueado los dos extremos de la vía. Camus llevaba en el bolsillo de la americana la maqueta del último editorial de *Combat* en el que había estado trabajando hasta tarde. La página no dejaba lugar a dudas. Tenía en el encabezamiento la cruz de Lorena, que era el emblema del general De Gaulle y de la Resistencia. Los agruparon detrás de una gran puerta cochera. El mutismo era total. María se dio cuenta de que los alemanes sólo estaban registrando a los hombres. Fue entonces cuando deslizó la mano en el bolsillo de su chaqueta, como una ratera de tres al cuarto. Ahí demostró sus agallas. Cuando les llegó el turno, los *boches* cachearon puntillosamente a Camus, que permaneció largos minutos con las manos en alto y un fusil Mauser apuntándole al pecho. A ella se limitaron a pedirle la documentación.

Cuando por fin salieron de la redada, todavía lívidos, él le preguntó: «¿Dónde la escondiste?».

—Me la comí —dijo y lo miró con media sonrisa burlona como si en vez de haberse tragado literalmente un editorial clandestino se hubiera zampado un bollo de crema de la *pâttiserie* Stohrer.

María nunca llegó a formar parte de su red, pero era republicana y antifascista hasta el hueso del calcañal. Estaba delgada más que nada por cansancio. Dormía mal.

Desde el Théâtre des Mathurins daban siempre un rodeo para ir al piso de ella en la rue Vaugirard, por el patio trasero del hospital Necker. Desde niña estaba acostumbrada a correr riesgos. Constantemente tenía una sensación de amenaza en la nuca al volver a casa. Las manos en los bolsillos de la gabardina, la necesidad imperiosa de correr como al principio de la guerra en Madrid, cuando con trece años cruzó a la carrera la cuesta de Atocha en medio de un tiroteo que dejó tres muertos. Pero no era sólo el temor a la Gestapo, era otra cosa. Una sensación más próxima, más resbaladiza, más sutil.

Vivían una historia de amor que estaba siendo interceptada por dos de los servicios de inteligencia más poderosos del mundo, pertenecientes a bandos contrarios: alemanes y rusos. Estaban en medio. Toda una red de informantes se cernía sobre ellos en torno al piso de la rue Vaneau. Se interceptaban cartas, se barajaban nombres. Camus no sólo era sospechoso para las fuerzas de ocupación, como miembro de la Resistencia, sino que también tenía enemigos en el Comité Nacional de Escritores, la academia clandestina que agrupaba al núcleo duro de Saint-Germain-des-Prés. El control de los comunistas sobre el comité se acrecentaba día a día y las opiniones del argelino tendían con demasiada frecuencia a ir por libre, fuera de las directrices establecidas. Por no hablar de las rivalidades propias entre escritores existencialistas, lo cual complicaba aún más las cosas.

Tecleó en la máquina la última frase, giró el rodillo para extraer el folio y se puso a repasarlo. Estaba firmado con el mismo seudónimo que utilizaba en Argel cuando trabajaba de periodista: Suetonio. El oficio de reportero lo había aprendido bien en los tiempos del *Alger républicain*, de la mano de su redactor jefe, Pascal Pia, que le enseñó a pulir su estilo, dejando de lado el lirismo de su prosa para ceñirse a los hechos. Tenía el sentido de escena del periodista de raza y lo ejercía desde la crónica de sucesos hasta en sus artículos de política internacional.

«TRES HORAS FUSILANDO FRANCESES», rezaba el titular.

Al principio, el oficio sólo era para él otra manera más de escribir, pero pronto comprendió la fuerza de lo cotidiano dentro del movimiento acelerado de los acontecimientos que estaban llamando a la puerta de Europa. Fue Pascal Pia quien lo rescató de Argel cuando el periódico cerró y le consiguió un empleo en París.

En *Combat* se encontraba a sus anchas. Entraba en la redacción sin hacerse notar, pero con una confianza absoluta. Dejaba la chaqueta en el perchero de la entrada y empezaba a moverse por el pasillo, saludando a todo el mundo. Sabía cómo dirigirse a cada uno, siempre con un gesto cómplice. Su mayor desafío era darle a todo el periódico una unidad de estilo.

Su mesa estaba salpicada de manchas de tinta y de quemaduras de cigarrillos. Le gustaban los olores de la imprenta, el plomo, la botella de leche junto a la máquina de la linotipia, el papel húmedo impregnado por la tinta, la vieja camaradería de los tipógrafos con sus blusones grises y su jerga propia, tirando a socarrona, que tanto echaba de menos. Camus se encargaba de todo el proceso. Confeccionaba la maqueta, ajustaba las crónicas, corregía las pruebas y no se marchaba de la redacción, en la portería de la calle Lisbonne, hasta última hora, cuando el rotativo estaba ya en impresión.

Combat era un periódico clandestino de cuatro páginas que se vendía a un franco y medio. Empezó con una tirada de veinticinco mil ejemplares, aunque llegó a más de doscientos cincuenta mil. Contaba con una imprenta en Lyon y pequeños talleres dispersos por distintas ciudades de la zona libre. Se facturaban los fajos de ejemplares en maletas como equipaje que alguien iba a recoger a la estación de destino para distribuirlas después por toda Francia. Un ejército formado por decenas de muchachos en bicicleta, con su boina y una *baguette* para despistar, se encargaba de que llegara hasta los pueblos más recónditos. Salía una o dos veces al mes. No tanto con la finalidad de informar a los lectores, que ya estaban al corriente de las noticias a través de Radio Londres, sino para demostrar, por si alguien pudiera ponerlo en cuestión, que la Resistencia era posible.

Una gota de agua en el océano.

7

Volví a Valencia con el pie cambiado. Después de mi inmersión en el lado salvaje de la montaña, andaba por las calles evasiva, perpleja, un poco hipnotizada. No había hablado de lo ocurrido con nadie de mi entorno y eso curiosamente convertía el recuerdo en una abstracción más obsesiva e intensa. Me latía la cabeza. Sabía dónde estaba, pero no sabía a dónde iba. Casi me atropella un *rider* de Glovo en el carril bici de Almirante Cadarso.

Entonces recibí la primera llamada de W. Me acuerdo exactamente del día de la semana. Era martes. Había pasado casi un mes desde nuestro encuentro en el valle de Arán. Sentí un trallazo al instante.

¿Fue una sorpresa?

Claro que no. Esperaba saber de él, desde luego. Para algo nos habíamos intercambiado los móviles y los correos electrónicos. Pero, no sé por qué, imaginé que me escribiría un *e-mail*. Éramos escritores, ¿no? Se supone que ese debería ser nuestro terreno natural de expresión. Además, me parecía una forma de contactar más segura y menos invasiva que el teléfono. Al fin y al cabo, no sabía nada de mí. Ignoraba si vivía sola o con una tribu de caníbales. Desde luego, yo no pensaba dar el primer paso. Soy demasiado orgullosa para eso. Pero desde que volví del festival, había revisado puntualmente el correo cada día. Había comprobado la carpeta de *spam* meticulosamente. Nada. No hubo ningún mensaje. Di por sentado que los balcánicos debían de funcionar con otra lógica, sin pensar en derivadas. Se exponían al peligro como un soldado se lanza a la contienda.

Yo estaba delante del escaparate de la librería París-Valencia de Cánovas, mirando la portada de *Los enamoramientos*, La novela de Javier Marías. Una fotografía en blanco y negro de una pareja besándose enfocada en primer plano nítidamente dentro del círculo de la lupa de un objetivo sobre un fondo movido y difuso. El título me pareció premonitorio. Hacía sol y en el cristal se reflejaban pequeños brillos irisados como halos que me deslumbraban. Cuando cogí el móvil y escuché al otro lado la voz de W, creí que los destellos eran un efecto sobrenatural.

Llamaba desde un tren, se oía el traqueteo de fondo. Hablaba con su acento balcánico sin decir nada personal, pero cada fonema daba exactamente en el blanco. Divagaba, pasaba de un asunto a otro con la misma ligereza que los pájaros revolotean de rama en rama para dejar en alto la primavera. Finalmente dijo que se dirigía a Valencia para participar en un acto cultural, al parecer lo habían invitado a dar una charla en CaixaForum, y que le gustaría verme.

—Si no tienes nada mejor que hacer —añadió con timidez.

Ahí ya debí darme yo cuenta de cómo venía el juego.

Si no tienes nada mejor que hacer.

Respondí como una alta funcionaria del Ministerio de Asuntos Exteriores que tuviera que hacer malabarismos para cuadrar la agenda. Tardé más tiempo del necesario y él se dio cuenta perfectamente.

—Vale. Calculo que sobre las nueve estaré libre —dije—. Podemos cenar en un italiano de mi barrio.

Se me hizo eterna la entrevista que tenía concertada esa tarde con un profesor de la Facultad de Historia, pero conseguí escabullirme antes de tiempo. Me pasé casi una hora en casa eligiendo la ropa, sin saber qué ponerme, con medio armario desplegado encima de la cama. Al final, opté por unos pantalones anchos de lino y un suéter bonito de rayas marineras, azules y blancas con bolsillos a los lados. Me despeiné un poco el flequillo con los dedos en el espejo justo antes de salir. La expectación hacía que me sintiera viva y audaz.

Llegué puntual a la Lambrusquería, un restaurante con toldo verde, mesas pequeñas y una terraza en la acera con farolillos. Pedí una caña. Altos tilos, el redondel de la noche, la luz de las bombillas... Las nueve y diez. Se retrasaba. Mejor que me relajase un poco. Era una noche de junio todo alrededor. Sólo tenía que esperar. De pronto alguien por detrás me pinzó la nuca muy fuerte con dos dedos. Salté como un chacal. Casi vuelco la silla. Era él, claro. Se había perdido por las calles del Ensanche tan parecidas unas a otras. Estaba distinto. Casi irreconocible. Llevaba el pelo muy corto, como un recluta. Me costaba hacerlo encajar en el retrato idílico que había fabricado mi memoria.

No es que ya no me pareciese tan atractivo como la primera vez. De hecho, con la barba recortada de dos días, que le marcaba más el arco de la mandíbula, los *jeans* desgastados y una camisa blanquísima remangada se parecía un poco a Ryan Gosling. Había algo reciente en sus ojos un poco entrecerrados, una especie de novedad y cierta desenvoltura en la manera de moverse. Pero su fantasma del flanco violento de las montañas, el que me había acompañado día y noche durante el último mes, era tan poderoso que el W de carne y hueso que tenía delante de mí me parecía casi un extraño.

Los descuadres del amor reciente. Dijo que la salsa carbonara de los espaguetis no era auténtica y que yo era su sueño, todo en la misma frase. A bocajarro. Tenía razón, la verdadera salsa carbonara no lleva nata. Se hace con queso pecorino. Y respecto a los sueños, qué decir...

El suyo en cuestión venía a ser que él y yo nos habíamos conocido antes. En otra vida. Como idea no parecía muy original, ya lo sé. Pero tenía a favor que estaba enraizada en los mitos balcánicos, según me explicó. ¿Cuántas historias de amor empiezan así? Tanteando el terreno, con cierta perplejidad, ese segundo de silencio cuando alguien dice algo que hace que todo se detenga y vacile durante unos instantes, mientras el otro abre los ojos y se ríe de la ocurrencia, como si se la tomara medio en broma pero también un poco en serio, evitando aproximarse a las líneas de frontera. Los buenos estrategas actúan con cautela.

Necesitábamos acercarnos más, comprobar que aquello era verdad. Dejamos que creciera el tiempo entre nosotros, la charla, las cervezas, el recuerdo del festival, las nubes del valle de Arán debajo de las crenchas del Aneto, aquella marabunta de senderistas por el riachuelo, la foto conjunta que nos hicimos frente a la iglesita románica. Se la mostré en el móvil. Me la habían mandado al grupo de WhatsApp. Él con las manos en los bolsillos, yo con la sonrisa medio torcida, con cara de delincuente. Nos reímos. Nuestro reportorio de anécdotas juntos era muy limitado, pero lo defendíamos como tierra conquistada. Buscábamos reconocernos como dos desesperados. De postre compartimos helado de champán y canela. Después me miró serio y me tocó con el índice el interior de la muñeca, donde confluyen las venas. «Déjame entrar», dijo en inglés. Así, sin venir a cuento. Sentí una sacudida, como cuando me pellizcó la nuca por detrás.

Let me in...

Hay un soul de Aretha Franklin que se titula así.

Caminábamos hacia la calle de las Barcas, W ocupaba el espacio a mi derecha cortésmente. Se acoplaba bien a mi paso, sin tropezar, sin estorbarme. Él llevaba el peso de la conversación. Me contó por encima el tema de la charla que había dado para un grupo de expertos en mecenazgo sobre asilo e interculturalidad. El asunto me pareció un poco conceptuoso. Dejaba caer las palabras como quien quiere acortar las distancias sin acabar de conseguirlo del todo. Yo le escuchaba entre atenta y un poco condescendiente. Me daba cuenta de lo poquísimo que sabía de él.

Estaba alojado en el hotel Reina Victoria. Cuando pasamos delante del mostrador de recepción, noté que se ruborizaba como un colegial. Mínimas gotitas de sudor en la frente. Por un momento disfruté al ver cómo se desarmaba su seguridad masculina. A veces me gustan esas pequeñas maldades, no puedo evitarlo. Había tardado demasiado en dar señales de vida y ahora yo me divertía con su azoramiento ante una situación que en Occidente las mujeres de mi generación hace tiempo que tenemos superada. No era una cuestión de edad, yo apenas le llevaba tres años, sino de costumbres. En la Europa del Este, por lo visto, regían códigos más puritanos. Estaba tenso.

—¿Sabes que en este hotel estuvo alojado todo el Gobierno de la República durante nuestra Guerra Civil? —dije para distender mientras subíamos en el ascensor.

No lo sabía. No sabía mucho de nuestra historia reciente. Con la suya ya tenía bastante.

Nuestros gustos literarios tampoco eran muy afines. Conocía a autores rusos, egipcios, libaneses, turcos... De los escritores españoles sólo había leído a los clásicos y a los poquísimos novelistas actuales traducidos a las lenguas balcánicas. Clara Usón, a la que yo no había leído, Fernando Aramburu y una tal Susana Fortes, a la que sólo conocía de oídas. De mis libros no dijo ni mu. Ni idea de si había tenido curiosidad por buscarlos en alguna librería. Me hubiera muerto antes que preguntárselo, claro. Pero me fastidiaba que no lo hubiera mencionado. Yo sí había intentado encontrar los suyos sin éxito. No estaban traducidos. Los escritores en nuestra infinita vanidad tendemos a creer que quien nos lee va a querernos más. Estamos muy equivocados.

No diré que aprobamos nuestra asignatura pendiente con sobresaliente. Sólo que hubo reconocimiento, una cosa rarísima que se da muy pocas veces. Me gustaron sus caderas de hombre, la manera en que cedían bajo mis manos, las historias sesgadas que me contaba su piel. Hicimos el amor primero con torpeza y ansiedad adolescente, luego con detenida lentitud de adultos, concediéndonos treguas que él iba llenando con palabras dichas en voz baja, con cuidado, susurradas al oído. Como si decidiera entregarme, una a una, todas las armas con las que algún día podría herirle.

Quiero estar adentro en ti.

No había principio ni fin en sus historias. Todo se mezclaba. Pero creo recordar que en medio del cansancio de nuestros cuerpos desfallecidos, entre las sábanas revueltas, en algún momento me pareció ver a lo lejos reflejado en el cristal de la ventana un resplandor rojizo, la llamarada de los obuses, seguido unos segundos después del estruendo ensordecedor. Tres mil quinientas detonaciones llegaron a caer algunos días, durante los casi cuatro años que duró el cerco de Sarajevo, cuando W era sólo un adolescente al que le gustaba el rock alternativo.

No me costó imaginarme al chaval de quince años que iba al instituto con su mochila cruzando el puente Skenderija. El pequeño de tres hermanos, los dos mayores en edad de luchar, la casa destechada en la parte de atrás, la falta de víveres, el fragor de los ideales nacionalistas, los labios cuarteados por el frío. Un simple muchacho humillado por los invasores.

Recuerdo que deseé con vehemencia la posibilidad de haberlo protegido entonces, cuando no lo conocía, de haber estado a su lado para defenderlo, de velar por él, yo que apenas sabía cuidar de mí misma. Los fosos del amor retrospectivo. Y entonces me di cuenta de que todo estaba yendo demasiado deprisa.

¿Cuántas veces pasa que te encuentras frente a alguien que te desarma por completo? ¿Cuántas veces se produce esa hecatombe a lo largo de una vida?

Existe una afección que podríamos llamar el síndrome del hada madrina. Es una especie de enfermedad. Una patología emocional. Para algunas mujeres hay un momento crítico en el amor. Se produce cuando entre los millones de individuos de nuestra especie, eligen a un hombre que está sometido a alguna clase de peligro, real o imaginario, pasado o futuro y, por un impulso del todo incontrolable, deciden rescatarlo. Es muy fácil engancharse a eso. No hay sensación más poderosa. Ni el amor verdadero, ni la droga, ni el sexo. No hay nada que se le pueda comparar.

El primer síntoma es un estado febril generalizado. El efecto inmediato e inevitable es que ella saca la varita de hechicera y la empuña como un florete en posición de guardia, con todas sus consecuencias. Por supuesto, sabe que es posible que él no se lo merezca. Pero aun así lo hace. Va, chasca los dedos y pronuncia las palabras mágicas.

Amamos siempre igual, desde que somos niños hasta que nos morimos. Podemos modificar muchas cosas de nosotros mismos a lo largo de la vida, opiniones, ambiciones, sueños, actitudes... Pero la forma de querer no cambia. No se elige. Viene dada de partida como el color del iris, la manera de andar, el sentido del tacto o la tendencia a tomar la vida como se presenta a la vuelta de una esquina, ya esté en sombra o inundada de sol. Yo había amado así a dos hombres, para siempre, y los había dejado ir. Después había tenido otras historias de andar por casa, pequeñas, insuficientes, un poco extenuantes. Ya había dado por cerrado el capítulo de las grandes pasiones.

Lo vi dormir a mi lado, respirar tranquilo. Notaba en la nuca el calor de su aliento. Yo me quedé despierta. Miraba de soslayo la habitación en la que hasta entonces apenas me había fijado. La mesita de noche con un teléfono de góndola de color crema, el ventanal alto y antiguo que daba a la calle de las Barcas de donde llegaba un rumor lejano de tráfico, el estruendo del camión de la basura. No sabía muy bien qué hora era. En la vigilia se me empezaron a mezclar otros resplandores, imágenes de otra guerra, la nuestra, y de aquel hotel Reina Victoria, donde se alojaba el Gobierno de la República. Cuando el recepcionista daba por teléfono el aviso de bombardeo a los huéspedes para que se dirigieran al refugio, no había carreras atropelladas por los pasillos, sino que se cedían el paso con cortesía en el rellano de las escaleras mientras se oían a lo lejos los timbales de las cañoneras desde el mar. Todos eran viejos caballeros republicanos.

Entonces no sabía que tres años después W habría desaparecido de mi vida y que yo estaría escribiendo para el periódico un reportaje conmemorativo sobre el II Congreso Internacional de Escritores celebrado en Valencia en 1937, a escasos metros de donde estaba en ese momento.

Tampoco sabía que la actriz María Casares, que entonces contaba sólo catorce años, vivía su primer año de exilio en París y vería las fotos de ese congreso encima de la mesa del despacho de su padre, el expresidente republicano Santiago Casares Quiroga. Las había tomado la fotoperiodista Gerda Taro. Y las publicó la revista francesa *Regards* sólo cuatro días antes de que a la reportera le pasara por encima un tanque ruso de diez mil kilos al volver de la batalla de Brunete el 26 de julio.

A la realidad le gustan las coincidencias.

8

Por extraño que parezca ni el peligro, ni la clandestinidad, ni los compromisos políticos llegaron a mitigar el encantamiento de aquel verano incipiente. Como si la revolución y el amor formaran parte de la misma exaltación que agitaba las ramas de los árboles en el Bois de Boulogne. El olor de los tilos, los cafés llenos, las librerías... El grupito de Saint-Germain-des-Prés continuaba escribiendo y publicando más que nunca. La vida no se detenía, se abría paso, la gente buscaba un sitio donde seguir soñando a su manera. Se exhibían películas, se ensayaban obras de teatro. Y los parisinos continuaban acudiendo a los espectáculos.

Camus se levantó temprano y compró la prensa en un quiosquito del barrio de la Madeleine, al lado de la barbería Ortega, donde solía cortarse el pelo. Se dirigía al Théâtre des Mathurins para asistir al ensayo general de *El malentendido* antes del estreno de la tarde. Estaba inquieto. Leyó en la primera plana el titular de la batalla de Cherburgo mientras apuraba el café.

Lo que pasó esa tarde dentro del teatro no se le iba a olvidar fácilmente. Ni a él ni a ninguno de los que presenciaron la función. Fue una velada negra. Todo el mundo estaba alterado. Hubo silbidos, patadas, abucheos... Se lanzaron objetos al escenario. Algunos críticos abandonaron la sala antes del segundo acto. No sólo los de la prensa colaboracionista, cuya hostilidad hacia el autor era manifiesta, sino también los de los medios afines. Los más leales bajaban la cabeza. Pero María Casares no. Estuvo soberbia. Con el cabello muy tirante y la cabeza alta defendió su personaje hasta el final. No sólo representó un papel, sino que se enfrentó a una sala encrespada con un temple jamás visto ni siquiera en actores veteranos. Aguantó el tipo, brava, arisca, sin venirse abajo. Únicamente después de caer el telón se permitió desahogarse. Destrozó el vestuario con los dientes de arriba abajo hasta hacerlo trizas con una furia mordedora.

Camus reconoció la derrota, no tenía sentido andarse con paños calientes. Tal vez el público no estaba para tragedias, ni para una visión tan pesimista de la condición humana. Pero aquella actuación de ella... Eso no lo olvidó jamás.

—El tiempo acaba poniendo las cosas en su sitio —le dijo esa noche su amigo, el poeta Pierre Reverdy, mientras tomaban el último trago en una *cave* de los Campos Elíseos—. ¿Sabes cuál es la diferencia entre un buen escritor y un mal escritor?

Él lo miró con ojos interrogantes, el gesto abisal.

—Que un buen escritor se recupera enseguida de un fracaso. Sin embargo, un mal escritor jamás se recupera de un éxito.

Camus metió la nariz dentro del vaso y sonrió. Era la clase de ironía que lo reconfortaba.

A veces, cuando pasaban la noche juntos, los despertaba el mínimo sonido de la calle, un tubo de escape, el tintineo metálico de una lata arrastrada por un perro, las campanas de Saint Lambert cuando se quedaban en el piso de ella, en el altillo de la calle Vaugirard. En todas partes reinaba esa expectación de cuando algo está a punto de suceder. El fin de la guerra significaba el restablecimiento de las comunicaciones con Argel. Y también —eso María no podía ignorarlo— una puerta abierta al regreso de las esposas. Él encendió un cigarrillo y se quedó desvelado con un brazo cruzado debajo de la nuca. Ella odiaba aquella media sonrisa desde la que él consideraba el mundo envuelto en la alta nube de sus pensamientos.

Había algo violento en querer ser la única.

L'unique. Así es como él la llamaba.

Algunos sábados recorrían juntos las calles de las especias detrás de la iglesia de Saint-Séverin y la rue de Buci. A Camus le recordaban las calles de su infancia, los tenderetes de la *casbah* en el sector nororiental de Argel, con sus puestos de mercancías, hatillos de hierbas, curtidos, henna para el pelo, botones, telas de colores vistosos, latas de polvos dentales, vendedores pregonando sus mercancías, gatos callejeros... El río antiguo del comercio. Al pasar entre los tenderetes, a él se le ponía aquella mirada lejana de niño norteafricano. Hacían buena pareja. Un hombre atractivo y ojeroso, con jersey y americana y una muchacha de melena oscura con gafas de sol, elegante y extrovertida, vestida con pantalones tobilleros y zapatillas flexibles de bailarina. A él le gustaba cogerla de la mano, llevarla a su lado. Mostrarla como un ave exótica. Una garza real. Sabía que atraía la atención. Empezaba a ser una actriz conocida, admirada no sólo por los aficionados al teatro, sino también por los del cine. Estaba rodando *Les Enfants du paradis* con Marcel Carné. Algunos se paraban a pedirle un autógrafo. Ese orgullo masculino a María Casares la halagaba, pero al mismo tiempo la confundía. No sabía a qué atenerse. En realidad, le aterraba el futuro, temía que las cosas pudiesen cambiar muy pronto. El armisticio era para ellos una espada de Damocles. A veces discutían por nada, por tensar más la cuerda, por resquemor, por salirse cada uno con la suya, pequeñas piedras en el zapato con respecto a una pasión que ambos consideraban su Olimpo particular, pero que la hacían quizá menos sublime de lo que cabría esperar.

Camus estaba irritable por la falta de aire y eso lo notaban todos en el pequeño universo de Saint-Germain. Las largas veladas lo agotaban. Conforme se avecinaba el final del conflicto, los debates eran más enconados, las palabras de doble filo empezaron a cortar carne. Todos estaban afiliados al Comité Nacional de Escritores al que pertenecían los más prestigiosos hombres de letras de Francia. De hecho, el CNE funcionaba como una especie de Academia de la Lengua clandestina con su propia revista, *Les Lettres françaises*. Pero el control interno por parte del Partido Comunista comenzaba a evidenciarse cada vez más. Para nadie era un secreto la represión de Stalin contra los disidentes en la Unión Soviética. Pero muchos dudaban entre denunciar los abusos o silenciarlos para preservar la unidad del bando antifascista. Camus, que había militado en el Partido Comunista durante su época de estudiante en Argel, prefirió no callarse.

El precio de la vida humana era la nueva vara de medir. La justicia impartida por los hombres en el poder le producía horror. Su oposición a la pena de muerte lo convirtió en un elemento peligroso. Y los comunistas estaban dispuestos a eliminar a cualquier potencial adversario que les pudiera crear problemas. Su nombre pasó a formar parte de una lista negra. Fue sólo el principio.

No era un debate que se diera sólo en Francia. En España, el enfrentamiento interno dentro de las filas republicanas también había sido encarnizado. Eso María lo sabía de primera mano. Su padre siempre sacaba a colación la irónica frase del escritor José Bergamín: «Con los comunistas hasta la muerte. Pero ni un paso más».

Tomaban precauciones. Sin embargo, las redes de información tenían medios suficientes para desencriptar sus claves. A finales de julio, el enlace que mantenía Camus con la Resistencia cayó en una trampa de la Gestapo. El grupo de Gallimard se movilizó rápido. Enviaron a alguien al estudio de Camus a recoger una bolsa con documentación y algo de ropa. Poco después, el escritor, acompañado por sus editores, salía en bicicleta por una carretera estrecha entre bosques al este de París, hacia una casita rural en Verdelot, a unos noventa kilómetros de París.

No tuvo tiempo para despedirse de María. Pero al menos consiguió hacerle llegar un mensaje. Más que un mensaje, en realidad era una plegaria. Un SOS, un ruego desesperado para que se reuniera con él. No concebía vivir sin ella. Necesitaba su presencia cercana como un adicto, su olor, la forma que tenía de avivar el fuego con las manos, su manera de silbar como un muchacho cuando paseaban juntos por el Campo de Marte y su voz. Sobre todo, su voz. No quería oír nada más.

Ella estaba sola en casa cuando leyó la carta. Recordaba bien la última discusión. Él sentado y serio, encerrado en la armadura de su terrible conciencia. Sus argumentos provistos de una dureza nueva.

Pero ella también tenía sus términos incondicionales. Se acordaba de la forma hiriente en la que él pronunció aquella palabra que antes solía ser un halago: *L'unique*. «¿Qué es lo que más detestas?», le preguntó. «La posesividad», dijo él. Pero quién demonios se había creído que era.

No fue a Verdelot.

El orgullo la mantenía en pie. Le gustaba sentirse dueña de sí misma, no una vulgar mujercita que se creía las promesas de amor de un hombre casado.

Tanto amor, tanta exigencia, tanto orgullo... Quizá al final de la vida, pensaba Camus, cuando ella hubiera tenido tiempo de comparar, de ver y entender, se daría cuenta de que nadie, nadie la había querido nunca así. Pero ¿de qué serviría...? Tenía razón. Le escribió desesperado desde Verdelot, pero ella aún no había tenido tiempo para comparar, para entender, para pensar... Era casi diez años más joven que él. Ese argumento no le valía. Tenía una edad en la que aún creía que podía conseguirlo todo.

Apenas fueron quince días sin verlo, pero le parecieron un desierto calcinado. París se le caía encima. La mayoría de las tiendas habían bajado sus persianas. El precio del pan había pasado de tres francos a treinta y cinco en el mercado negro. El metro estaba cerrado. No había periódicos y el viento hacía rodar remolinos de hojas muertas por las aceras. Los cortes de luz se multiplicaban, no quedaban ya latas de conserva en toda la capital. Los alemanes empezaban a levantar el campamento y arramblaban con todo, obras de arte, víveres y cajas de champán.

Entonces le pareció volver a verlo a contraluz delante del café de Flore, hablando con Jean-Paul Sartre y Simone de Beauvoire. Fue una sensación parecida a cuando un barco da un bandazo. Al principio pensó que era una traición de su subconsciente. Pero no. Los mandos de la Resistencia habían decidido que París debía liberarse a sí misma y allí estaba él. La camisa blanca remangada, la piel tostada por el aire del campo, los ojos vivos y brillantes. Albert y su manera de aparecer en el momento menos pensado con media sonrisa de hacerse perdonar. Lo llamó desde el otro lado de la acera con un brazo en alto sin poder reprimirse. Le gustaba pronunciar su nombre a los cuatro vientos. Albert. Sólo dos sílabas que le llenaban la boca. La cogió por sorpresa aquel desorden de latidos que la hacía caminar a su encuentro desde el extremo opuesto de la calle, conteniendo la respiración. Se le olvidaron los agravios. Quería a aquel maldito francés argelino orgulloso engreído y medio existencialista. Él la recibió con los brazos abiertos.

Fueron los días más peligrosos. Para atravesar los puentes del Sena había que andar a gatas, no sólo para evitar las balas de la retaguardia alemana, sino también para esquivar el fuego amigo. Las calles estaban cortadas. Había francotiradores alemanes apostados en los tejados. A doscientos kilómetros los aliados avanzaban imparables. Por la noche, todo París quedaba a oscuras, sin electricidad, a merced de los ajustes de cuentas. Cada mañana la ciudad amanecía con muertos en las aceras. Los gaullistas querían evitar un baño de sangre. Con su boina negra y su uniforme azul marino, los milicianos decidieron empezar con la ocupación de las instituciones. La prefectura de policía fue el primer edificio que pasó a manos de las Fuerzas Francesas del Interior. Luego vino el Museo del Hombre, la Comédie-Française, el Louvre... Las paredes de algunos establecimientos como la librería alemana despertaban señaladas con la letra uve y la cruz de Lorena. Camus y sus compañeros de *Combat* tomaron la sede de la prensa colaboracionista, en el número 100 de la rue Réaumur. Los Citroën 11 negros de tracción delantera circulaban por las calles con las banderas tricolor desplegadas al viento en medio de la improvisación, las órdenes y contraórdenes, los rumores, los arrebatos de euforia y cierta falta de coordinación general.

Una mañana, cuando estaban en el estudio de Albert, oyeron algo raro. Apenas una brisa ondeante, muy ligera. Salieron a la calle. Había un murmullo en el aire. Todo estaba en suspenso y entonces, miraron hacia arriba, hacia los tejados, por encima de sus cabezas, de ventana a ventana se expandió la noticia. Y de pronto, cundió el tumulto. La gente se lanzó en tromba a la calle. Un impulso de fondo arrastraba a la marea humana que se desbordaba hacia los Campos Elíseos y el Arco de Triunfo. El día que los aliados entraron en París: viernes, 25 de agosto.

Cuando se vio asomar por la plaza de la Estrella la 2ª División Blindada del general Leclerc, arreciaron los vítores. *Allons enfant...!* Albert y María asistían al momento histórico como miles de parisinos. Con una alegría quizá más contenida, más cauta, sin lanzarse a atrapar al vuelo los paquetes de cigarrillos americanos lanzados al aire como confeti. De las victorias también había que saber cuidarse. Hasta que estuvieron suficientemente cerca, María no se fijó en los nombres que los vehículos llevaban pintados en grandes letras blancas. Alzó el rostro, el mentón huesudo, el ceño un poco fruncido por efecto de la luz. Se le rompió algo por dentro cuando leyó, uno a uno, aquellos nombres en voz alta sin poder contener la emoción. *Brunete, Ebro, Belchite, Teruel, Guernica, Don Quijote, Guadalajara.*

Fue entonces cuando no pudo más y se desprendió de la mano de Albert. Él la dejó ir entre la multitud impetuosa y enardecida, con un vestido de flores y el corazón en su sitio, al encuentro de los suyos: los hombres anónimos que después de haber luchado por su país durante tres años interminables, agotados en la lluvia y en el barro, después de cruzar los Pirineos derrotados y hundidos en la peor desolación, eligieron seguir peleando. Y cuando, al poco tiempo, los alemanes invadieron Francia, no dudaron en echarse al monte o alistarse en la Legión Extranjera y siguieron combatiendo en Narvik, en Bir Hakeim, en Montecassino, en Normandía y la Selva Negra. Hasta la residencia alpina de Hitler en Berchtesgaden. Los republicanos españoles de la Novena Compañía. La nueve.

María corrió con todas sus fuerzas, abriéndose paso a codazos hacia el tanque semioruga que tenía más cerca. Llevaba el nombre de Guernica. A bordo iban siete soldados, todos uniformados y con casco, menos uno, moreno, bajito, vestido de paisano, un poco descarado, pero recio. Iba de pie al lado del conductor sonriendo, en mangas de camisa, con un pitillo colgado de la comisura de los labios. Sin pensárselo se aupó al tanque ayudada por la multitud y le llenó la cara de carmín.

Aquel soldado dijo algo que María jamás olvidaría:

—¡Cómo me gustaría que en lugar de besarme las chicas más guapas de París, pudieran hacerlo las viejas más feas de Madrid!

—Soy española, compañero —le respondió ella—. *Je suis espagnole!* —gritó volviéndose hacia la multitud para que lo oyera todo el mundo. Pero hasta que sintió las lágrimas resbalarle por la barbilla, goteándole en el vestido, no cayó en la cuenta de que estaba llorando.

9

Me acostumbré a lidiar por teléfono de noche con aquella voz. A pocas cosas me aficioné tanto en la vida como a hablar por teléfono con W en la alta madrugada.

Eran conversaciones largas, de más de una hora. Saltábamos de un tema a otro como si ya supiéramos que no íbamos a tener tiempo de poder abarcarlo todo. De una noticia del periódico, pasábamos a la última película que habíamos visto. *El puente de los espías,* de Spielberg. Y de Berlín Este cruzábamos rápidamente y casi de puntillas a una presentación en la librería La Central de la calle Mallorca. Barcelona aquellos días de incubación independentista estaba sacudida por un vendaval que hacía rugir las calles y cada día ocurría algo. La vida daba vueltas como una escalera de caracol y nosotros estábamos dentro del laberinto intentando que no nos arrastrara la corriente. Yo lo oía hablar desde una ciudad encrespada que no por ello dejaba de ser hermosa. Me gustaba situarlo en el espacio, en calles concretas, no anónimas, calles con luz y aceras y edificios modernistas, siguiendo su trajín diario. Imaginarlo por Via Laietana, por Bruc, cruzando en un semáforo de Consell de Cent, entrando en un café, o qué se yo... haciendo la cola para pagar una linterna de buceo que se había comprado en el Decathlon de la Diagonal. Yo no tenía ni idea de submarinismo. La sensación de hablar y oír hablar. Su voz por teléfono todavía me encandilaba más que al natural. Era honda, sabía modularla como un actor de doblaje. A veces nos quedábamos callados y entonces al cabo de unos segundos de mutismo él decía: «¿Qué?». Era sólo un monosílabo. Pero el tono insinuante después de una pausa me enardecía. Me di cuenta de que hasta eso tenía un carácter profundamente sexual.

Cada cual tiene un diseño secreto del amor, una fórmula enganchada al corazón. La mía es bastante complicada. Los hombres que me atraen son tipos contradictorios, introvertidos, misteriosos, fríos como un iceberg cuya parte sumergida es muy superior a la visible.

W encajaba como un guante en el perfil. Y yo me dirigía a toda máquina hacia él, como el Titanic.

Cada cierto tiempo me mandaba cosas por *e-mail*, como quien ofrece miguitas de pan a las palomas, la banda sonora de una película, un vídeo de YouTube de la Barcelona Gipsy balKan Orchesta. Yo iba a comer de su mano. Me quedaba medio hipnotizada con aquella fusión de ritmos balcánicos, mediterráneos y gitanos mezclados con acordes de *jazz*. Me enviaba fotos de Sarajevo: una portada de periódico del 27 de agosto de 1992 con la Biblioteca Nacional ardiendo por los cuatro costados. Dos millones y medio de volúmenes y cientos de incunables convertidos en cenizas. Mariposas negras, como en la novela de Ray Bradbury. Una fotografía del fotoperiodista español Gervasio Sánchez con las ruinas del imponente edificio austrohúngaro destruido y un rayo de sol entrando por un boquete del atrio. Otra foto de un niño con chándal verde y el brazo en cabestrillo entre los amasijos de hierros y piedras.

Me mandaba esos mensajes y yo me quedaba fragmentada y quieta, dentro de esa emoción que no se disipaba. Había un dato especialmente siniestro de aquel bombardeo. El hombre que, según todas las informaciones, ordenó disparar los proyectiles incendiarios, había sido un usuario habitual de la biblioteca, un profesor universitario especializado en Shakespeare: Nikola Koljevic. Un hombre culto que amaba la literatura. Pero amaba más aún la idea de una Gran Serbia, incompatible con la diversidad étnica de Sarajevo que representaba la biblioteca. Me obsesioné con la historia de los Balcanes, empecé a leer todo lo que caía en mis manos sobre la antigua Yugoslavia, sin soltar en ningún momento la varita mágica de hada madrina. Enamorada de un hombre y de una ciudad. Todo limítrofe. Eso era W para mí. La mayor parte del tiempo vivía dentro de aquel ensueño que duró casi dos años. Me costaba

escribir, ordenar los horarios, seguir una rutina. Intentaba sacar adelante un libro sobre las Brigadas Internacionales que no acababa de encauzar.

A veces, si me parecía que tardaba mucho en llamar, miraba el móvil fijamente y entonces sonaba. El pensamiento mágico. Estaba convencida de que tenía poderes. Siempre era él quien llamaba. Esas eran las normas. «Es mejor así», dijo. «Vale», acepté. Había fronteras privadas que no se debían traspasar.

W venía del mundo desconocido. Había aterrizado en mi vida como un paracaidista, igual que los voluntarios de la Francia libre lanzados sobre Normandía en aviones británicos el Día D. *Les parachutistes*. A los paracaidistas no se les hacen preguntas. Además, para qué preguntar lo que una ya se imagina...

Existen tantas zonas extensas de la vida diaria de las que el que ama no sabe nada. Sólo de vez en cuando, y casi siempre por azar, se traslucía alguna astilla, rastros de la existencia de otra persona. Visto y no visto. Vislumbres pasajeros, un barrido de faros que yo trataba de minimizar. Lo importante era lo que representábamos el uno para el otro en el presente. Aquellas conversaciones fulminantes y voraces.

W administraba los silencios a su antojo. Supongo que de alguna manera todos hacemos lo mismo, contamos lo que queremos contar. Yo también me callaba cosas, claro.

Una tarde, cuando ya todo había sucedido, leyendo en el sofá de casa *Berta Isla*, de Javier Marías, pasó por mi cabeza un soplo que no tuve tiempo de capturar. Fue algo fugaz, como esas cosas que no sabemos que sabemos. Tenía que ver con una escena de la novela en la que una extraña pareja de irlandeses de mediana edad aborda a la protagonista y a su bebé. Un hombre grueso con gabardina y gafas de pasta y una mujer con una ligera bizquera en sus ojos azules. Él rellena un mechero Zippo con un pequeño cargador de gasolina con caperuza roja y, al hacerlo descuidadamente, salpica de líquido inflamable el moisés de mimbre, las sábanas y el pijamita del niño. La conversación que en principio parece amistosa se va volviendo poco a poco ambigua y amenazante. El hombre continúa jugando con el mechero sin encender el cigarrillo a lo largo de tres páginas en las que nadie respira. Recuerdo que cuando leí ese capítulo, algo me vino a la mente relacionado con W. Probablemente establecí la asociación porque el libro trataba precisamente de las zonas de sombra en las relaciones íntimas, de lo que no sabemos del otro. En la portada se veía una mujer fumando con la mitad del rostro oculto por el humo del cigarrillo. Recordé que el mismo día que recibí su primera llamada había comprado otro libro del mismo autor, igual de enigmático, titulado *Los enamoramientos*. Así funcionan mis conexiones neuronales. Luego el soplo se disolvió. A veces tenemos pequeños atisbos de algo en el tumulto de nuestra vida interior. Es como cuando tienes una palabra en la punta de la lengua. O cuando te ronda una idea. Al escribir pasa muchas veces. Es una sensación embriagadora porque parece que estás a punto de descubrir algo esencial, pero sólo ves el relámpago de luz, la punta del iceberg, sin llegar a captar su volumen y su forma que se oculta bajo la superficie marina aparentemente tranquila. Esa prodigiosa masa de hielo sumergida a muchos metros de profundidad en el mundo acuático sordo y quieto, tan desconocido.

No podíamos vernos mucho. Cada cual lidiaba como podía con sus quehaceres diarios y con el mundo real que nada tenía que ver con la pasión, que siempre es una fantasía. La única que llegó a intuir algo fue mi hermana con su habitual sagacidad.

—A ti te pasa algo... —me soltó por teléfono—, has conocido a alguien, seguro.

—Qué va... —respondí.

—Venga, no me lo niegues.

Me conocía bien. Nunca fui muy dada a hacer confidencias amorosas. Temía que mis sentimientos se desvanecieran en el aire al exponerlos al escrutinio público. Quería preservarlos. Obviamente no me sirvió de mucho. Nunca estamos a salvo demasiado tiempo.

Sólo en una ocasión conseguimos hacer una escapada de cinco días. Alquilamos un coche y recorrimos pequeños pueblos de Castilla y León buscando iglesias antiguas. Le fascinaba el arte románico. Fue el periodo más largo que compartimos. El resto del tiempo casi siempre era W quien venía a Valencia. A veces quedábamos a mitad de camino. En Vinaroz, L'Ametlla de Mar, Calafell..., pueblos medio deshabitados en invierno, con apartamentos vacíos y urbanizaciones fantasmas. El amor a salto de mata. Largos trayectos de ida y vuelta para estar juntos apenas una hora. El tiempo del enamoramiento a distancia, del desbarajuste total, de hacer locuras, se nos iba la vida por un derrumbadero de luz. Me costaba concentrarme en el trabajo, la ansiedad se parecía a la sensación permanente de quedarse con hambre. El aire que respiraba estaba lleno de una densidad tal que me provocaba una opresión constante en el pecho, como si un aro de hierro me aprisionase las costillas. Y ese aire se convirtió en mi elemento natural, mi patria, la ley ante la que me inclinaba. En otras ocasiones, menos, viajaba yo en tren a Barcelona y él me recogía en la estación de Sants.

La última vez era miércoles, creo. Un día entre semana, eso seguro. Habíamos comido en el Raval, una ensalada y unos canelones infectos que nos parecieron exquisitos. Luego recorrimos la ciudad. Yo llevaba una sahariana de color mostaza y un bolso de mochila colgado al hombro. Él se había puesto la misma parka que cuando nos conocimos en el valle de Arán. Me gustaba su manera de vestir, descuidada y un poco intemporal. Pensaba que hasta la ropa respondía a un código de señales entre nosotros. El morse del amor. Estaba tan contenta de verlo que no me di cuenta de que estaba un poco más delgado, con leves rastros de fatiga bajo los párpados. Caminaba a mi derecha ligeramente inclinado hacia delante, como suelen hacerlo los hombres altos. Reíamos eufóricos como si el hecho de estar juntos fuera la cosa más extraordinaria del mundo. Tratábamos de mantener una mínima distancia de seguridad porque Barcelona era territorio comanche, pero se nos iban las manos imperceptiblemente, su meñique acariciando el dorso de mi mano debajo de la mesa, yo rozándole apenas la cadera en un cruce, girándome un poco hacia su lado, él tocándome el hombro de refilón unos segundos, buscábamos las callejuelas menos concurridas. Al cruzar por un pasaje solitario a la sombra, me empujó contra la pared y me besó apoyando todo su cuerpo elástico y duro contra el mío. No había ni la más mínima superficie de nuestra piel que no estuviera en contacto.

—Nos van a detener por escándalo público —le dije al oído.

Fuimos paseando desde el Barrio Gótico hasta el edificio de Correos, los bares del puerto y la playa de la Barceloneta. Oíamos nuestros propios pasos, había nubes altas, una brisa tibia. El mar gris, plateado. Todo relucía como recién estrenado. Estábamos ansiosos, tratábamos de aprovechar al máximo cada segundo antes del tren de vuelta. Siempre la misma urgencia.

No había apenas gente en la playa, alguna pareja a lo lejos, paseando el perro, unos chiquillos al fondo jugando al balón. Bajamos a la arena, me dio un poco de frío el viento salado y húmedo. Nos recostamos de medio lado contra un murete de contención. Me acarició por debajo del sujetador, sentía sus besos ascendentes por el cuello. Estábamos exaltados, yo le dije que se viniera conmigo, él negaba con la cabeza. Eso, en su lenguaje no verbal que tanto me había costado aprender, quería decir sí. Él me decía: «Vámonos lejos a ver ciervos». No eran frases hiladas que tuvieran un sentido, sino palabras sueltas, susurradas al oído, sin lógica y eso lo hacía todo más enardecedor.

«Vámonos lejos. Vámonos juntos a México», le dijo Albert Camus a María Casares muy en serio una noche desesperada en Le Cyrano de la rue Biot. Ella y él, los dos solos. Cada cual encerrado en la cárcel de sus propios afectos. Las palabras que se dicen los acorralados del mundo.

Vámonos lejos a ver ciervos.

Me agarraba fuerte, sentí por sus jadeos que no podía aguantar mucho más, le desabroché la cremallera de los *jeans* y lo acaricié directamente. Me miró muy fijo, muy serio, de una manera desarmada... Entonces noté un ligero chirrido en la arena. No me dio tiempo a volverme. Sentí un violento tirón de la correa del hombro, hacia atrás, y después sólo la patada seca, brutal y precisa en los riñones.

10

El garaje de la Citroën de la rue Vaugirard estaba casi enfrente de la casa de María. En los meses que siguieron a la liberación, el local se convirtió en barbería improvisada. Una especie de inquisición medieval. Allí se rapaba al cero a las mujeres que habían mantenido relaciones íntimas con un alemán. Desde la ventana ella las veía salir del edificio esquiladas y asustadas con sus bebés en brazos y los ojos caídos al suelo como pesas de plomo. Chicas muy jóvenes, embadurnadas de alquitrán, cubiertas de escupitajos e insultos proferidos por las almas nobles que no estaban dispuestas a perderse en primera fila el espectáculo de la humillación. La manera de caminar de esas *femmes tondues* le recordaba a María a la de los animales maltratados que van dando traspiés por las calles, aullando bajito, entre las pedradas de la turba. A menudo, los más iracundos eran los mismos franceses que habían aclamado a Pétain y habían prosperado con el mercado negro durante la ocupación. El París liberado no era un lugar romántico.

Camus comprendió que en aquel ambiente no iba a ser fácil defender sus ideas. Había llegado el momento de sentar en el banquillo a la Francia de Vichy. Y por muy elevadas que fueran sus consideraciones morales, poco se podía hacer para mantener la calma ante los que habían llevado a miles de compatriotas a los campos de exterminio. ¿Qué otra cosa se podía esperar? Muchos de sus camaradas de *Combat* estaban muertos. Otros, internados todavía en los campos. La guerra aún no había acabado. Esta era la gran cuestión de fondo en las semanas y meses posteriores a la liberación.

La pena de muerte.

Camus permanecía de pie en un corrillo junto a los juzgados. Hablaba con cautela, intentando templar gaitas, pero no lo conseguía. De vez en cuando hacía pausas y aspiraba una calada del cigarrillo antes de volver a hablar de nuevo. Quería convencer, pero no convencía. Como periodista e intelectual comprometido, asistió a los juicios contra los colaboracionistas y no salió contento. Le faltaba el odio vivo de las almas puras. La palabra «depuración» en sí misma ya le parecía bastante penosa. Mucho más su aplicación práctica. Nadaba contracorriente.

María no participaba en el debate ideológico. Cuando se exaltaban las disputas entre unos y otros, se mantenía al margen, arrebujada en un sillón, con los hombros encogidos y las manos en los bolsillos del pantalón. No entendía demasiado de todo aquello. El lenguaje de axiomas y anatemas que rodeaba las discusiones no iba con ella. Camus la observaba en silencio. Sus ojos jaspeados siempre parecían estar opinando, sacando conclusiones sin soltar prenda. La conocía demasiado bien.

Una tarde, Sartre encendió la cazoleta de su pipa de caño largo. Aspiró una bocanada de aquel tabaco negro, muy fuerte, y dio un puñetazo encima de la mesa. Le gustaba tener siempre la última palabra. Algunas consumiciones se tambalearon y cayeron al suelo. Luego todo se enredó de una manera endiablada en una gresca de todos contra todos en la que a punto estuvieron de llegar a las manos.

Así estaban las cosas. Los juicios se sucedían a gran velocidad. Los fusilamientos también. Los que menos se habían implicado con la Resistencia eran los más acérrimos partidarios de la pena máxima para los colaboracionistas. Jean Paul Sartre y Simone de Beauvoir, a la cabeza, representaban la línea dura. Puño de hierro. Ninguno de los dos había tomado parte activa en la lucha. Cuando los nazis habían entrado en París, ambos estaban ocupados elaborando su doctrina de las relaciones de pareja abierta que ponían en práctica en sus habitaciones del hotel La Louisiane, en la rue del Seine. Sostenían que para tener un amor *necesario* convenía mantener algunos amores *contingentes,* de poca monta. Fueron las noches más negras de París y también las más etílicas. Se bebía, se bailaba, se aireaban cotilleos de cama y se volvía a beber. La prensa sensacionalista llegó a tildarlo de existencialismo de alcoba. Un juego en el que el filósofo buscaba la complicidad de su compañera, para acabar burlándose juntos, a menudo con bastante crudeza, de las amantes de turno abandonadas. Lo hacían desde la altura moral que les daba su teoría filosófica. El imperativo categórico de Kant llevado al terreno del flirteo en los cafés con sus espejos, el ruido de voces, de cucharillas tintineando y la atmósfera llena de humo y de corazones arrinconados. Más que un ejercicio de tolerancia amorosa, era una manera de salvar lo suyo, un arreglo que les convenía a ambos.

El mundo cambiaba tan deprisa... Toda consideración relativa a los problemas individuales perdía pie en medio de la exaltación colectiva. El amor, ese vasto y profundo paisaje interior, pasó a ser también escenario de la contienda.

Durante aquellas semanas en que ardían las proclamas, todos acabaron encontrando su medida: escritores, artistas, camareros, resistentes y los que sólo se dedicaban a esperar. En el momento de la liberación, cuando los milicianos empezaron a tomar los edificios más emblemáticos, a Sartre le encargaron ocupar la Comédie Française por su simbolismo, pero se quedó dormido en el patio de butacas con la pipa apagada. Las largas veladas nocturnas le pasaban factura. Los que menos riesgos habían corrido eran los primeros a la hora de dar lecciones, como suele ocurrir. Camus sí se la había jugado y despreciaba a los colaboracionistas más que nadie, pero se oponía a la pena capital. No invocaba al Dios de Torquemada, sino al Dios de los filósofos. Firmó cartas dirigidas a De Gaulle, manifiestos solicitando peticiones de gracia para los condenados a muerte, acompañado de otros nombres: Paul Valéry, François Mauriac, Jean Eiffel, Jean Cocteau, Marcel Aymé, Colette... y pocos más. Muy pocos. Predicaba en el desierto. Quizá no se había dado verdadera cuenta de que la realidad se estaba alejando de los linderos poéticos. Había llegado el tiempo de los comisarios políticos.

Ya nada era lo mismo. Ni las tertulias en los cafés, ni los locales donde antes solían quedar en grupo a tomar la última copa a la salida del teatro, ni siquiera *Combat*. La unidad de acción de los años de la resistencia saltó por los aires. Ese fraccionamiento hacía destrozos en el delicado tapiz que formaban los ideales como una mano que entrara por la ventana del ático. Había días que Camus volvía a casa y lo único que lo calmaba era leer a los estoicos griegos. Sócrates. Zenón. Epicteto. Encendía un cigarrillo y achicaba los ojos por el humo. Era su manera de pensar en la oscuridad. Intentaba mantenerse en equilibrio en la cuerda floja. Todo se desmoronaba y no encontraba la manera de apuntalarlo. Él era una persona cuya vida estaba regida por las palabras. Por los matices.

María había quedado en reunirse con él en la redacción del periódico. Iba en bicicleta. Al llegar a la estación de Saint-Lazare, tuvo que frenar abruptamente con los pies en el suelo. La calle estaba cortada. Había dos camionetas de las Fuerzas Francesas del Interior atravesadas y una multitud agolpada ante la puerta de un edificio. En los tejados de París todavía resonaban de vez en cuando los disparos aislados de los últimos alemanes emboscados. La gente esperaba ansiosa la captura del francotirador. Al fin salieron del edificio cuatro soldados franceses, fusil en mano, y entre ellos un prisionero con las manos atadas encima de la cabeza. Tenía sangre en la boca y un bigotito de pelusa que aún no le había crecido del todo. Los últimos soldados enviados por Alemania eran muy jóvenes, poco más que niños. Entonces comenzó el espectáculo. La gente quería divertirse: patadas y zancadillas que las FFI apenas podían evitar. Hubo de todo menos dignidad. A pocos metros de María, un francés de mediana edad, con sombrero y aspecto respetable, se sacó de la boca el cigarrillo que estaba fumando y hundió la brasa en el párpado del prisionero alemán. Se produjo un momento de desconcierto, de parálisis, ante aquella vileza que trasgredía las más elementales reglas del juego. No lo pensó. Se encaró con el francés. Los separaba una línea. El hombre estaba en una parte de la calle en sombra. Ella, a sólo un paso, estaba en el sol, notando en los ojos toda su violencia. Lo abofeteó en la cara del derecho y del revés como si lo retara a un duelo.

—¡Asqueroso cobarde!

Entonces la marabunta se revolvió contra ella. No lo previó. Recibió empujones, se vio acorralada, tirada en el suelo. Sintió que se le nublaba la vista. No supo muy bien cómo acabó el incidente. Dos soldados de las FFI se pusieron a su lado para protegerla y la sacaron de allí en volandas junto a la bicicleta. La metieron en la camioneta con el prisionero esposado. María se dio cuenta de que de no haber estado ellos allí, la cosa podría haber acabado de la peor manera.

Se había rebelado contra el tratamiento infligido a un enemigo, a un nazi, que además representaba lo que ella más odiaba en este mundo. ¿Qué le había pasado? No fue capaz de procesarlo racionalmente. Ella no tenía la armadura moral de los filósofos. Pero la experiencia había sido suficientemente pavorosa para apuntarla en su diario. ¿Había aprendido la lección? Probablemente no. Esquivar el riesgo no era algo que estuviera en su naturaleza.

Camus paseó la mirada por el cuarto y se detuvo en el extraño trapecio que pendía del techo. Muchas veces había pensado en desmontarlo. Estaba harto de que toda la intelectualidad francesa se colgara de la barra cuando iba a visitarlo. Se encontraban en su estudio de la rue Vaneau. Ella acababa de ducharse, se había puesto una camisa de él y llevaba el pelo enrollado en una toalla. Tenía una mirada rara, con los ojos brillantes de partículas resplandecientes como cuando el mar cambia de color. Afuera octubre se les venía encima como un tifón.

Él aún no lo sabía, pero María del amor conocía algo. A pesar de su juventud ya lo había vivido a fondo. Cada cual tiene sus secretos enganchados al corazón. Y ella tenía el suyo. Se llamaba Enrique López Tolentino. Llevaba un pañuelo rojo del Partido Obrero de Unificación Marxista (POUM) anudado al cuello y rizos despeinados al estilo romántico. Era andaluz, de Jaén, moreno, no muy alto, trotskista y amante de su madre. Guapo hasta hartarse.

Lo había conocido de niña, en el hospital donde su madre trabajaba como enfermera. A veces ella iba a echarle una mano. Entonces todavía tenía las facciones toscas, sin acabar de modelar, el pelo encrespado con diadema, las orejas de soplillo, la falda tableada. Un patito feo. Del muchacho le llamó la atención su juventud airada y su insolencia. Le pareció un personaje salido de una de las novelas de aventuras que le gustaba leer, un bucanero o un espadachín que se abría paso a pedradas en las refriegas callejeras y a veces salía trasquilado. En una de aquellas, llegó al hospital sangrando por la frente como un carnero, pero sin perder la sonrisa. Su madre lo atendió con un esmero excesivo que rebasaba con creces lo profesional. A partir de entonces la presencia del muchacho se hizo habitual por los pasillos, entre los enfermos. María enseguida se dio cuenta de los arrumacos y de los gemidos que salían de la sala de curas. Tonta no era. Entendió a la primera de cambio la relación clandestina que, a pesar de la diferencia de edad, mantenía su madre con aquel gitano revolucionario. Su primera reacción fue sacar los colmillos de cachorro. No tanto por lealtad hacia su padre, ya que conocía de sobra las complicaciones familiares de un matrimonio acabado hacía tiempo que sólo mantenía las formas en apariencia. Sino por una especie de pudor íntimo, una mezcla extraña de sentimientos que no sabía muy bien cómo explicar. El chico se convirtió en una presencia familiar en el apartamento de la calle Alfonso XI, donde vivían, muy cerca del Retiro y del Museo del Prado. Hacía recados, arreglaba los enchufes, supo cómo hacerse imprescindible. Un día, casi sin darse cuenta, María se encontró compartiendo la hora de la siesta con el muchacho. Fue un hecho insólito, pero tan intenso que le provocó un extraordinario malestar, le estallaba la cabeza. Ni siquiera sabía si le había resultado agradable o no. Sólo creyó que iba a morir. La situación empezó a repetirse con más frecuencia de la que podía imaginar. Sin previo acuerdo, comenzaron a coincidir a la misma hora, cuando la casa quedaba vacía y sorda como un barco a la deriva. Más tarde cruzaron todos juntos la frontera a Francia como una familia bien avenida y así vivieron los primeros años de exilio en París. El chico fue adoptado como uno más en casa, una especie de hermano incestuoso. María dejó de ser virgen antes de cumplir los catorce años. No le gustaba hablar de ello. Un secreto de familia.

Por un momento se arrepintió de confesárselo a Camus. Pero quizá lo hizo también un poco por despecho. Ella, igual que él, tenía un pasado. A ver si se iba a creer que era el único que podía encender el fuego. Ignoraba hasta dónde quería llegar con sus dardos, pero reconocía el envite. Fue una especie de intercambio, como si dijera: toma, esto va por lo otro. Sentía por dentro un furor que, por raro que pudiera parecer, tenía mucho que ver con el orgullo y quemaba como una brasa. Le habló del gitano trotskista, le contó aquella pasión primera con la minuciosidad de un entomólogo diseccionando su presa, no se ahorró ningún detalle. Quería que le escociera y sonrió pestañeando. Eligió bien el momento. Sabía que Camus le había enviado dinero a su mujer para el pasaje en barco desde Orán. Eso era lo otro, claro.

«Tenemos derecho a vivir esto sin lastimar a nadie más», le decía él. Pero a ella no le valía. Ella era de Todo o Nada. Cuando le oía a él defender su teoría del 75 por ciento, le parecía un vulgar comerciante.

«Entre el Todo y la Nada, hay el 75 por ciento posible que, manteniéndose a igual distancia de los dos extremos, a veces se puede alcanzar», decía. Ese razonamiento la dejaba perpleja. No lo entendía.

Eligió la Nada.

Fue la última noche. De pronto, sin buscarlo, se dieron de bruces con el futuro, ese fantasma que llevaban tiempo tratando de esquivar. María no podía seguir aceptando ser la amante de un hombre casado. Una tormenta de lágrimas y de besos. El dolor máximo. La cima de todos los desgarros. Pero sus cuerpos respondieron a pesar de todo. La fuerza física los arrastraba incluso después de haber echado el freno.

—No podemos seguir así. Nos estamos destrozando —dijo él.

Y tenía razón. Ya lo habían intentado todo. Camus nunca había sentido nada igual por otra mujer, pero a veces la odiaba de veras. ¿Por qué no podía ella hacer un esfuerzo y aceptar la situación? ¿Acaso no lo amaba lo suficiente? El sentimiento que los unía era demasiado oscuro y violento. Oscuro porque no lo comprendían. Violento porque superaba sus propias fuerzas.

«No se puede basar nada en el amor» —anotó Albert Camus en su cuaderno. A veces lo que le ocurría con ella era que se quedaba fuera de juego. Creía que la tenía, pero en realidad no se daba cuenta de los pensamientos que le cruzaban a María por la cabeza en determinados momentos de calma aparente, cuando lo miraba ladeando la cabeza, mientras se quitaba delicadamente con los dedos una brizna de tabaco que se le había quedado en la lengua.

Aquel gesto tan insinuante. Lo que había de insensato en la pasión era el deseo intrínseco de apurar los días de espera pisando a fondo el acelerador hasta despeñarse por un derrumbadero. La obsesión, el misterio, el estremecimiento... No era una locura nueva por la que ninguna pareja de amantes hubiera pasado antes. Pero era la suya.

El amor sin esperanza es como un país en guerra. Hay que salir pitando. A las tres de la madrugada, ella sintió la necesidad de marcharse. Pero le faltaba un zapato. No lo encontraba. Llevaba el otro en la mano. Una zapatilla de *ballet* de color cereza. Él vio asomar la puntera por un extremo debajo de la cama. La recogió y se la entregó delicadamente. Ella se calzó muy seria. Eran unas bailarinas preciosas, escotadas, que dejaban ver el comienzo de los dedos y sus finísimos huesos metatarsianos.

Se volvió desde la puerta hacia él como una actriz saliendo de escena. Nunca hasta entonces lo había visto temblar. Temblar literalmente, no en sentido figurado. Camus estaba apoyado en la pared con un solo hombro, fumando. Su cuerpo sufría pequeñas sacudidas, como un junco a merced de una emoción incontrolable. La mano con la que sostenía el cigarrillo le temblaba tanto que necesitaba sujetársela con la otra. En aquel momento habría dado cualquier cosa por ser capaz de detenerla. Agarrarla por un brazo, obligarla a mirarle a los ojos para borrar de su cara aquella altivez de fiera exquisita, sin necesidad de decir nada, ni media palabra. Lo único que quería era estrecharla fuerte entre sus brazos hasta arrebatarle el sentido. Aunque el que de verdad estaba a punto de perder el conocimiento era él. Le ardía la frente. Tenía 39.5 ºC de fiebre, pero todavía sacó arrestos para despedirse.

—No creas que me olvidarás tan fácilmente.

—¿Qué te apuestas? —dijo ella antes de dar un portazo y bajar las escaleras corriendo, de dos en dos.

11

La imagen estaba torcida. Veía el mar a un lado en un plano inclinado, el cielo oscurecido al otro. Todo ligeramente desenfocado. Tenía la boca llena de arena. W estaba a pocos metros tirado boca abajo con la cabeza de lado y un hilo de sangre que le salía de la oreja que quedaba a la vista. Quise llamarlo, pero empecé a toser y a escupir arena. Me ahogaba. No era capaz de pronunciar su nombre. Intenté levantarme despacio y casi me voy de bruces contra el muro. Las sombras se habían desvanecido por un lado de las escaleras del muelle. Eran tres o eso me pareció. Después de la patada, la tarde se volvió turbia. Me dio la impresión de que el mundo se encogía muy deprisa. Escuché el quejido de dolor que salía de mi propia garganta. No sé cómo fui capaz de acercarme a la orilla, el agua estaba helada. Empapé mi sahariana y se la puse a W alrededor de la cabeza como un turbante. Vi que tenía un cerco morado en el cuello, cerca de la yugular. Me pareció una marca de dientes, pero no podría asegurarlo. El agua salada lo hizo volver en sí. Repetí la operación dos veces más. Abrió los ojos. Me preguntó si estaba bien, se disculpó como si aquello fuese culpa suya. La idea de ir a la playa había sido mía. Se tocaba el costado izquierdo.

—¿Puedes levantarte? —dije.

Consiguió incorporarse, apoyándose en mí. Se recostó contra el muro hasta recuperar el aliento.

—¿Te quitaron algo? —me preguntó.

Vi mi mochila tirada a escasos metros. Estaban el móvil, las llaves, el libro de Ivo Andric que llevaba para leer en el tren con el billete de vuelta entre las páginas. Abrí la cartera. DNI, tarjetas... No faltaba nada. Me pareció echar de menos un billete de veinte euros, pero tampoco estaba segura.

Negué con la cabeza.

—¿Y a ti?

Se le oscureció el semblante. No contestó. Bajó la mirada humillado, como si se avergonzara. Se agarraba el costado.

Le levanté la camisa. Tenía una herida abierta y todo alrededor contusionado. Violeta, color de nazareno. Cristo crucificado. El oído le seguía goteando en la parka. La sangre era muy oscura. Casi negra.

—Tenemos que ir a urgencias a que te vean eso —dije.

Él no salía de su mutismo. Subimos al paseo marítimo y empezamos a andar medio sonámbulos hacia la estatua de Colón. Se apoyaba en mi hombro, pero no quería que lo sujetara. Yo trataba de infundirle tranquilidad. «Después de que te curen, vamos a comisaría a poner la denuncia». Él no parecía escucharme. Tenía la cabeza en algún lugar muy lejano donde no podía alcanzarle. Yo buscaba como desesperada la luz verde de algún taxi libre. Debíamos de tener un aspecto lamentable, mojados, sucios de arena, tambaleantes. Pasaron dos taxis vacíos, sin hacer el menor amago de parar. Vi venir uno de frente y antes de que pudiera sortearnos, me eché encima. Casi me atropella. Clavó los frenos a dos palmos de mí. Fue el único momento en que W esbozó media sonrisa, «Eres dura de pelar, Franch».

—Al Hospital del Mar —pedí.

Y entonces, cuando ya me había arrimado hacia un lado del asiento para dejarle sitio, vi que él no subía. Se quedó de pie, apoyado en el marcó de la puerta y, con una voz que parecía salida de ultratumba y que no admitía discusión posible, le ordenó al taxista que me llevara a la estación de Sants.

—Todavía llegas a tu tren —sentenció—. Ve. No te preocupes. Yo voy a estar bien.

No dijo «estoy bien». Dijo «voy a estar bien».

Apoyó la palma de la mano abierta en el cristal de la ventanilla como despedida. Y eso fue todo. El semáforo se puso en verde, el taxi arrancó y lo vi quedarse parado en la esquina, quieto como un corzo. En ese momento entendí que no iba a ir a ningún hospital. Que no iba a ir a ninguna comisaría. No supe exactamente qué era lo que había pasado. Pero intuí de alguna manera que algo se me estaba escapando. ¿Nos habían robado? ¿Nos habían seguido? ¿Por qué W no quiso subir al taxi? Sentía un nudo muy apretado en el estómago y no sé por qué me acordé sin venir a cuento de cuando una vez de niña robé un nido de pájaros y escondí las crías en la capucha de la sudadera. No fue mi único crimen, pero sí uno de los peores. Se acuerda una de las cosas en el momento menos pensado, contra toda lógica. Así se enlazan las ideas en el pensamiento, a salto de mata. Estaba helada, dolorida y un poco perpleja. Aunque esa no era ni de lejos la sensación más poderosa. El taxista me lanzaba miradas inquisitivas a través del espejo retrovisor, pero no hizo ningún comentario, como si pensase que se trataba de una pelea de enamorados.

En la estación fui directa al lavabo. Al verme en el espejo, no me extrañó que los taxis pasaran de largo. Un raspón en la frente, arena en el pelo, una costra de sangre seca alrededor de la nariz hasta el labio superior, la sahariana empapada, la camisa suelta por encima de los tejanos, le faltaban dos botones. Pinta de okupa después de un altercado con las fuerzas del orden. Traté de asearme como pude. Me mojé la nuca, la cara. Estaba exhausta, desconcertada. El dolor del hombro era espantoso. No pensaba con claridad. Creo que bajé al andén por pura inercia, como una autómata. El vagón iba casi vacío. Me acomodé en un asiento del final con las rodillas flexionadas, apoyé la cabeza en la ventanilla y cerré los ojos, tratando de calmarme, pero me sentía demasiado vapuleada para sacar nada en limpio.

Dejé que el traqueteo me acunara. Avanzábamos lento. Era vagamente onírico ver los paisajes que iban quedando atrás, las afueras de Barcelona, solares en construcción, la anochecida en un campo de fútbol de barrio con niños jugando... Lentamente se fue abriendo el horizonte y apareció el agua, el Mediterráneo azul oscuro allá lejos. En cuanto me subo a un tren, incluso en las peores circunstancias, surge poco a poco dentro de mí el viejo espíritu ferroviario de cuando era estudiante y viajaba en el Interraíl. Esa emoción romántica y adolescente de cruzar fronteras, de irse a dormir en un país y desayunar en otro mientras los pensamientos vagan a su antojo. Probablemente estaba bajo los efectos de la conmoción, un mecanismo de defensa.

En el duermevela me vinieron a la cabeza imágenes distorsionadas del libro que había venido leyendo en el viaje de ida, *Un puente sobre el Drina,* esas fronteras fantasmas que han separado siempre a los pueblos balcánicos: eslovenos, croatas, judíos, musulmanes, cristianos, cíngaros, turcos, serbios, bosnios... divididos entre la ferocidad de dos imperios, el otomano y el austro-húngaro. «El deseo es como el viento, lleva el polvo de un sitio a otro —escribió Ivo Andric. Y la bestialidad de la historia se va turnando y utilizando como moneda de cambio al hombre de carne y hueso—. Es así, por curioso que parezca, como se decide el destino de cada uno de nosotros».

En algún lugar del mundo alguien lee un libro y se enamora, camina por la playa o libra un combate. ¿Sería con esa contingencia de la materia humana con la que se hacía la historia? En medio de esas leyendas y mitologías de crueldades, de vampirismos y empalamientos, acudían a mi cabeza ráfagas de lo que pasó en la playa. El crujido de la arena, las sombras que subían o bajaban, no sabía bien, sólo la rapidez de unas piernas enfundadas en ropa deportiva negra ajustada, una especie de mallas, con zapatillas Adidas, dando saltos a derecha e izquierda, una sudadera gris desplegada en el aire formando remolinos como una bandera o la capa del fantasma de la ópera, los gritos secos, duros, parecían responder a un ritual de *jiu-jitsu* o de otro arte marcial, la voz de W casi suplicante, ahora lo recordaba.

—Ne, ne, ne... —repetía como tratando de ganar tiempo. Luego pronunció otras palabras incomprensibles para mí.

No se dirigía a los asaltantes en español, sino en algún idioma centroeuropeo o del Este. ¿Quería eso decir algo o se trataba de un resorte puramente instintivo? Y luego el grito seco de uno de ellos como respuesta, y aquel movimiento giratorio sobre una de las piernas, alzando la otra muy arriba con un salto en semicírculo hasta alcanzar a W con todo lo alto que era de una patada brutal en mitad de la cara que lo tumbó redondo. Esa violencia rápida y aquel mordisco en la yugular, las marcas de los dientes en la piel, de los incisivos, de los caninos. ¿Qué demonios significaba aquello?

W no se parecía a nadie que yo hubiera conocido antes o fuera a conocer después. Incluso en los momentos de máxima intimidad se mostraba cauteloso, como protegiendo algo dentro. Los hombres a veces son islas. W era una isla extrema, muy abrupta, llena de acantilados. Una isla, con su cartografía propia. Un mapa mudo, con promontorios, vaguadas, desiertos y cordilleras desconocidas, con curvas de nivel topográfico que no estaban a mi alcance, con grietas geológicas insondables que formaban parte de su existencia real y que, sólo en algunas ocasiones, muy pocas, asomaban a la superficie como si un golpe de viento levantara por azar una punta de la manta, mostrando indicios sueltos, claves que yo no sabía cómo interpretar.

Ivo Andric tenía razón. Hay que huir de la historia como de una casa en llamas.

Igual que del amor.

12

El tiempo era gris. Parecía que fuera a nevar. Camus no podía respirar. Tenía la voz hastiada y vacía. Estaba al límite de sus fuerzas. Durante una conferencia en el convento de los dominicos, por unos segundos llegó a perder el conocimiento. Tuvo que ingresar de urgencia al hospital de Saint-Etienne para que le practicaran un neumotórax. Mientras le introducían aire con una aguja entre las dos hojas de la pleura para inmovilizar el pulmón, su mente anestesiada volvió a aquel partido de fútbol en Belcourt cuando se golpeó con el poste y por un momento lo vio todo negro. Para poder aguantar el cataclismo que acababa de suceder en su vida, necesitaba saber que una vez de niño en medio de la ceguera había sido capaz de acabar el partido.

Se despertó y vio a una enfermera que estaba mojándole la frente con compresas frías. Los médicos opinaban que para que las cavernas pudieran cicatrizar, había que repetir la insuflación cada cuatro o cinco días. Tuvo que quedar ingresado. Por las tardes, hasta que pasaban las enfermeras en la última ronda, leía a Epicteto. Tenía el libro lleno de anotaciones a lápiz. Pero la resignación de los estoicos de poco le servía para aprender a vivir sin María.

Por si no fuera suficiente, el ambiente crispado después de la liberación empezó a hacer estragos en el grupo de amigos. Dentro de *Combat* la unidad saltó por los aires. Las discusiones con Sartre se volvieron cada vez más enconadas. Entre ellos siempre había reinado una rivalidad en estado gaseoso. No era sólo una cuestión ideológica. También estaban los egos. El despecho creciente del gran padre del existencialismo contra un autor diez años más joven, demasiado apuesto, de estirpe mediterránea, que guardaba un parecido razonable con el actor Humphrey Bogart. La editora americana de Camus, para ahondar en esa semejanza, le había regalado, medio en broma medio en serio, una gabardina Burberry exactamente igual a la que usaba el actor en *Casablanca*. Sartre, de complexión robusta, con sus gafas de miope y la pipa en la mano, no siempre conseguía disipar la irritación que le provocaba. Desde su esquina del café de Flore, lo tenía enfilado. Además, Camus tenía un don natural para la argumentación sin necesidad de recurrir a Hegel u otro armamento pesado. El libro de Sartre *El ser y la nada* pesaba un kilo exacto y, por ese motivo, a veces ese gran tratado de metafísica se usaba en los mercados de frutas y verduras como contrapeso en la balanza. Camus no se consideraba un existencialista al uso. Le fastidiaba que le obligasen forzosamente a elegir entre Kant y San

Agustín. Creía que entre ambos debía de haber alguna verdad intermedia que fuera medianamente soportable. La ironía era su manera de acortar distancias. Se sentía más cerca de la antigua Grecia que de los filósofos alemanes del siglo XIX. No tenía suficiente confianza en la razón y tampoco le gustaba que lo encasillaran. A Sartre le parecía demasiado orgulloso, autodidacta, con una mediocre formación marxista, un escritor de periódicos al que siempre había mirado por encima del hombro. Un advenedizo.

Los antiguos amigos se distancian, los aliados de ayer se convierten en enemigos, los ríos de Heráclito se bifurcan, los amantes se separan. Arden las bibliotecas.

Cada uno intenta recuperarse de las pérdidas secretas como puede. Albert Camus y María Casares se retiraron a sus cuarteles de invierno.

Camus volvió al único suelo firme que pisó en su vida. La editorial Gallimard, bajo el cobijo de Michel y Janine, sus preferidos de todo el clan y amigos incondicionales. Allí, en su despacho circular, rodeado de libros, de manuscritos, de galeradas, se sentía a salvo. Los folios apilados en su mesa de trabajo aumentaban el espesor de la muralla tras la que intentaba protegerse. Ella lo había descuartizado. Sólo intentaba volver a reunir los trozos de su existencia.

Al principio cada vez que sonaba el teléfono, se le paraba el corazón. Pero nunca era María. Cuando más desesperado estaba, buscaba excusas. El 21 de noviembre le escribió una nota felicitándola por su cumpleaños. Veintidós. Los dos patitos. No hubo respuesta. ¿Cuántas veces descolgó el auricular y marcó su número para colgar acto seguido? ¿Diez? ¿Quince? No tenía nada para ofrecerle y menos ahora que su mujer acababa de reunirse con él en el estudio de la rue Vaneau.

Camus trataba de volver a la normalidad. Pero Francine, recién llegada de Argel, no encajaba en las costumbres de la élite intelectual parisina. Había conseguido trabajo como profesora de Matemáticas y sacaba tiempo para tocar el piano, pero se encontraba fuera de lugar. A veces él no era capaz de disimular su irritación cuando ella hablaba demasiado a la ligera o se expresaba con lugares comunes delante de sus amigos, escritores ilustres. Aunque, sobre todo, se odiaba a sí mismo por esa bajeza moral.

Su mirada hacia su mujer seguía siendo cortés, pero sentía deseos de gritarle. Estaba resentido, no contra ella, sino con la situación que lo tenía atrapado en aquella cárcel de fidelidad conyugal. No podía soportar sus atenciones. Si ella le regalaba una corbata que había escogido con esmero, no se la ponía. Otra maldita corbata más. La dejaba arrumbada en un cajón dentro del envoltorio sin abrir. En el fondo de su alma empezaba a ser consciente de una catástrofe de la que únicamente él era responsable. Se acostumbró a pasar cada vez más tiempo fuera de casa. Frecuentaba los garitos de la *Rive Gauche* donde Boris Vian tocaba la trompeta. Bebía demasiado. Fumaba demasiado.

Fue entonces cuando empezó a ensancharse el abismo entre su vida y su obra, la distancia entre el hombre acorralado en un callejón sin salida y los altos pensamientos del gran intelectual del siglo. Aunque de eso no se dio cuenta hasta mucho más tarde.

Se destrozaba al pensar en la infelicidad y la oscuridad que provocaba por el mero hecho de estar vivo en los corazones de quienes le rodeaban. Camus no soportaba la culpa. Algunos días realmente quería morirse. La piedad lo tenía atado de pies y manos.

El 9 de mayo de 1945, en la cocina de la rue Vaneau, mientras desayunaban, Camus y Francine escucharon juntos en su transmisor de radio el comunicado que anunciaba el fin de la guerra. Ella estaba embarazada.

En septiembre nacieron los gemelos, una niña y un niño, en la clínica Belvédère, una maternidad exclusiva a las afueras de París. Catherine y Jean. Dos bebés preciosos. A Camus le parecían arcángeles con sus pijamas de organdí bordados a mano, pero al mismo tiempo se le llenó la vida de un miedo que antes no tenía, descubrió una fragilidad nueva que le hacía sentir pavor ante cualquier adversidad. Intentó con todas sus fuerzas mejorar las cosas en su matrimonio. Cada noche se destrozaba pensando en María Casares, pero por la mañana conseguía reunir las fuerzas suficientes para ponerse en pie y comenzar de nuevo a ocuparse de una casa en la que constantemente había una bombilla que reponer, un grifo que goteaba, un cristal para reparar. Los techos altos hacían más difícil de calentar aquel estudio que, por más que se empeñaba, no acababa de ser un hogar. Un día llegó sin aliento acarreando por la escalera una estufa de leña que le había prestado el poeta René Char.

No se podía hacer gran cosa para mejorar las condiciones de vida en la Francia de posguerra, desmantelada después de los años de ocupación. La mantequilla había pasado de costar sesenta francos a alcanzar los seiscientos en el mercado negro. Con el racionamiento, conseguir pañales para los niños suponía un esfuerzo titánico. Desde Nueva York llegaban a veces paquetes enviados por el crítico literario Nicola Chiaramonte. Jabón, leche en polvo, cacao, tarritos para bebés... También llegaban lotes de comida en conserva que enviaban desde Argentina a la librería de Adrienne Monnier, la compañera de Silvia Beach, en la rue de l´Odéon, justo enfrente de Shakespeare & Co. Camus trabajaba hasta la madrugada en el manuscrito de *La peste*, y cuando el llanto de los niños no le dejaba escribir, se levantaba a acunarlos. Intentaba con toda el alma ser buen padre. Les cantaba a sus hijos nanas en español.

Ni un solo día dejó de pensar en María Casares. Vestida y desnuda. Tumbada junto a él, o sobre las tablas de un escenario. Y al hacerlo percibía los golpes de su sangre, el calor de su respiración. La imaginaba con las manos en la nuca, la melena extendida sobre la almohada, los labios entreabiertos, un poco hinchados. El deseo latiendo como el corazón de una herida. Y si ella lo había descuartizado por dentro, ¿a qué la había condenado él?

A principios de noviembre, mientras volvía a casa de grabar desde la Maison de la Radio, por la calle de Sèvres, a María Casares le ocurrió algo. No supo muy bien cómo sucedió ni por qué sucedió. Lo único que supo fue que de pronto estaba en el suelo y era incapaz de ponerse en pie. Parecía evidente que se había caído, pero no tenía ningún recuerdo de haber tropezado o perdido el equilibrio. Desde entonces, se habituó a desmayarse cada dos por tres. Aunque jamás lo hizo en un escenario. Aprendió cómo caer para no golpearse. Ella, que siempre había tenido una salud de hierro, comenzó a tener toda clase de enfermedades: tosferina, gripe, rubeola, urticaria, síndrome vagal... Se le podía rodear la muñeca con el índice y el pulgar. No pesaba lo suficiente.

Aun así estaba absolutamente convencida de poder remontar «la situación». Cualquier situación. Era una mujer que había sobrevivido a dos guerras. Se refugió en el teatro. Trabajaba más que nunca. Ensayos, lecturas en la Sorbona y en la radio de poemas en español, de Rafael Alberti, de Antonio Machado, de Pablo Neruda. Encadenaba estrenos, nuevos contratos para el cine, rodajes, idilios... Necesitaba sentirse deseada, que alguien ocupara el vacío dejado por Albert, que sujetara sus riendas. La prensa del espectáculo se había encaprichado con ella. La española exiliada de ojos verdes. La revista *Semaine* la sacó en la portada en traje de baño, morena, sonriente, mirándose en un espejito de bolsillo en una playa de Niza. Empezó a comportarse como una estrella. María saludando desde el palomar de su casa. María cocinando espaguetis. María con un vestido rojo de Elsa Schiaparelli, el pelo largo, ondulado con raya a un lado a lo Rita Hayworth. María incapaz de encauzar su vida.

Mientras el mundo se desmoronaba a su alrededor, ella trabajaba el doble. Se había prometido a sí misma que no perdería el empuje. Cuando supo que en Galicia habían saqueado y vendido su casa natal, que habían quemado los libros de su padre, sintió una contracción por dentro como si se hubiera apoderado de ella el espíritu de un chacal. Sobre todo, al tener conocimiento de la orden dada por el gobernador civil de La Coruña mandando borrar «El nombre repugnante de Casares Quiroga del Registro oficial de nacimientos, instituido para seres humanos y no para alimañas (...) Deberá procederse a borrarlo en cuantos libros figure en forma que las generaciones futuras no encuentren más vestigio suyo que su ficha antropométrica de forajido».

Poco después, su madre, Gloria Pérez Corrales, murió víctima de un cáncer de estómago en el hospital Curie. Era un día de enero de 1946. La enterraron en la más absoluta intimidad en el cementerio de Montparnasse, una tarde oscura y lluviosa enfundados bajo los paraguas en el capuchón gris de la lluvia. María perdió su apoyo más firme, más cómplice, con la que había llegado incluso a compartir un amante. Sólo recibió una carta de pésame. Era de Albert, claro. Ni siquiera le contestó. Cada uno estaba fuera de la órbita del otro. Como planetas de distintos sistemas solares.

No perder el empuje.

Una mañana, lo vio por la orilla izquierda del Sena caminando delante de ella. Con gabardina y el periódico bajo el brazo. Su manera de andar inconfundible. Se escondió rápidamente detrás del cajón de un *bouquinista*, el corazón le latía de vergüenza. Esperó unos minutos. El librero la miró con complicidad. Ella cruzó los labios con un dedo. Acuclillada en el suelo. La cara oculta tras el mostrador de los libros. La postura de una niña pequeña jugando al escondite.

Más tarde, coincidieron los dos en la misma sesión en una representación en el teatro Champs-Elysées. En público, ella tenía un encanto que seducía a todo el mundo. Él sospechaba que lo había sustituido por otro. Y no iba desencaminado. María Casares iba acompañada por el actor belga Jean Servais. Los habían acomodado en la primera fila de un palco. Camus estaba solo en el patio de butacas y miró hacia arriba. A ella la pilló desprevenida aquella mirada fija, desolada, insostenible. Lo saludó con ese leve gesto de cabeza oficial que se dirige a una persona muy lejana, a un funcionario de segunda fila que se ha conocido por casualidad en la cena de una embajada, y volvió la cara hacia al escenario. El cuello largo, los hombros rectos, la barbilla erguida, los guantes blancos en la mano, el vestido negro escotado por detrás. Durante todo el tiempo sintió los ojos de él clavados en ella. Clavados literalmente. Taladrándola. El gesto descompuesto. La ferocidad de su mirada no se disipaba, ajeno a las más elementales normas del decoro. En el entreacto Camus abandonó la sala furioso. Cuando la veía alzarse con aquella altivez como si sus vidas no se hubieran ido al garete, le entraban deseos de acabar con todas las normas sociales. Sentía que se iba a volver loco. Y en verdad estuvo a punto de enloquecer.

Hubo de pasar algún tiempo hasta que volvieron a encontrarse casualmente una tarde. De frente. Fue en la acera del bulevar Saint-Germain. Camus se dirigía a casa de André Gide. Era el 6 de junio de 1948. Después de cruzarse caminaron unos pasos más, antes de darse la vuelta los dos a la vez, estupefactos, como cayendo en la cuenta al mismo tiempo del día que era. Tuvieron un momento de incredulidad. De vacilación. Retrocedieron sobre sus propios pasos. Se acercaron el uno al otro con cautela.

El azar de verse allí, justo en esa fecha, no podía ser una casualidad. Tenía que deberse necesariamente a las leyes de la gravitación universal. Cuatro años exactos después de su primera noche juntos. En aquel preciso lugar del mundo, un rectángulo de silencio y luz. El tiempo detenido, transformado en un escenario iluminado en el que acabaran de entrar ellos dos solos. Allí estaba el universo mandándoles una señal con toda su fuerza giratoria.

—¿A dónde ibas? —le preguntó él con la voz ligeramente ronca, después de un silencio tan largo, la modulación algo cerrada.

Ella no respondió. Encogió los hombros y se quedó allí de pie, con los puños cerrados dentro de los bolsillos de su falda de vuelo, y a continuación apoyó la frente en su pecho, ese gesto de los guerreros que descansan. En silencio. No hizo falta nada más.

Ocurrió así. Del modo más natural. Como si reanudaran un paréntesis interrumpido temporalmente. Un interludio. Cada cual había recorrido su trecho del vía crucis.

Empezaron a caminar por la acera despacio muy juntos.

13

Nadie es solamente de una manera. Las personas funcionamos con extraños resortes. Tenemos nudos y engranajes que nos articulan por dentro. El mecanismo de W era seguramente de los muy complicados. Pero para conocer a alguien no se necesitan todas las piezas. Basta con las importantes. El problema es reconocerlas. Identificarlas. Una no sabe cuáles son las piezas clave hasta que las encuentra, casi siempre por casualidad. Es como dar con el código de acceso. El *password*. La contraseña.

A W le gustaba la fauna montaraz. Una vez nos encontramos en una de aquellas citas locas a mitad de camino a ninguna parte, en medio de urbanizaciones deshabitadas. Creo que fue en Lloret del Mar. Estábamos tomando un pincho de tortilla en una terraza espantosa del paseo marítimo con cortavientos de plástico. Habíamos recorrido muchos kilómetros y teníamos sólo unas horas para estar juntos. Dijo que le gustaba el frío con sol. En ese momento supe que iba a contarme algo. Lo miré atenta. A los hombres les gusta que los escuchen. A las mujeres también, pero de otra manera. Me contó que sus abuelos eran campesinos. Tenían una granja en un pueblo pequeño al este de Bosnia, cerca de la frontera con Montenegro. En el monte Zelengora. Allí solía pasar de niño con sus hermanos y sus primos los veranos antes de que empezaran las clases y también las vacaciones de Navidad. La Navidad ortodoxa, que no coincide en fechas con la nuestra, porque ellos siguen el calendario juliano y la celebran el siete de enero.

Así que la historia debió de ocurrir en enero de 1985 o 1986. Al salir del pueblo había una senda que conducía a un lago glaciar en medio de un bosque de abetos. Yo lo veía todo cristalino. Los árboles, el camino con los montones de nieve dispersa. El paisaje de su infancia. Una vez que estuve situada en la ladera del monte, W empezó su cuento de Navidad: tenía siete u ocho años y había ido con dos de sus primos a recoger piñas para hacer una hoguera, una costumbre que repetían todos los años. Pero esa vez se adentraron en la espesura y se perdieron. Atardecía cuando en un repecho del camino apareció el lago radiante y en la orilla, un cervatillo que intentaba romper el hielo con las patas delanteras. Al oír sus voces irguió mucho el cuello y oteó a lo lejos con los ojos muy separados. En ese momento se oyó el retumbe seco de un disparo en la montaña. Cazadores. El animal asustado se dispuso a saltar desde la orilla hasta una roca que estaba demasiado alejada, a una distancia del todo fuera de su alcance. Entonces dio un brinco con una elegancia olímpica imposible y, trazando un arco magnífico en el aire, consiguió volar hasta alcanzarla y ponerse a salvo. En ese preciso instante empezó a nevar. A W la escena debió de maravillarle y yo entendí muy bien por qué. Nunca se olvida el primer contacto que tenemos con la belleza. Ese salto en el vacío. Esa inaudita exhibición de delicadeza. Tan frágil, tan excitante, tan matemáticamente imposible. Tan fugaz. Lo imaginé con su anorak rojo y sus ojos enormes de niño de ocho años, con sus primos un poco mayores. El cielo blanco y denso, el vasto silencio y, de repente, la nieve. El 7 de enero.

Probablemente lo que vio W no fuera un ciervo, sino un rebeco, una gamuza, que tiene una piel muy suave, de color amarillo pálido y es la fauna propia de los Alpes dináricos. Pero debió de confundir la palabra al intentar traducirla al español.

Le gustaba contar historias como a todos los escritores. Sabía que es de las historias de lo que en realidad nos enamoramos, no de las personas. Una de mis escenas favoritas de *El paciente inglés* transcurre cuando al anochecer están todos en el campamento del desierto alrededor de una fogata, jugando a la botella giratoria. Le toca el turno a Kristin Scott Thomas. Entonces ella, valiéndose de metáforas elegantes, narra la historia del rey Candaules de Lidia, de su esposa Nissya y del lancero Giges. Y es justo en ese instante cuando Ralph Fiennes se enamora de ella absoluta y perdidamente. Hasta los huesos. Porque las palabras contienen todos los elementos de la pasión. Ella le regala un mundo y él enloquece de amor, claro. Es así desde el principio de los tiempos.

Lo sabía Sherezade, lo sabía Lady Marian. Lo sabe hasta un niño de ocho años.

Te quiero más que un solo día más.

Después de lo sucedido en Barcelona, entré en ese estado de nerviosismo y fragilidad psíquica que caracteriza la espera. Transcurrieron varios días. Yo repasaba una y otra vez en mi cabeza cada una de las cosas que habíamos hecho esa tarde: sus gestos, sus palabras... intentando encontrar algún indicio que hubiera podido pasarme desapercibido, haciendo todo tipo de elucubraciones. Veía una y otra vez la herida tan fea que tenía W en el costado cuando le levanté la camisa, el oído sangrando.

Voy a estar bien.

Vivía en estado de máxima alerta, pendiente del móvil. No me separaba de él ni un segundo. Lo miraba como si fuera un objeto sagrado. Creo que nunca en mi vida sonó con tanta frecuencia como en aquellos días. Me llamaron de la Asociación de Memoria

Histórica, de la Conselleria de Cultura, del Museo Valenciano de Arte Moderno, del Instituto Cervantes, de la librería Ramón Llull... Todos menos él. Había desaparecido del mapa. Se había borrado. Pasada una semana, contraviniendo nuestras propias normas de seguridad, me decidí a telefonearlo yo. Me saltó enseguida un mensaje automático. El número marcado no existe o no se encuentra disponible.

Volví a llamarlo varias veces a lo largo de los días siguientes con idéntico resultado. Le escribí un *e-mail* bastante comedido por si podía ser interceptado por terceros, pero suficientemente claro respecto a mi preocupación. Sólo quería saber si estaba bien. No hubo respuesta. Se lo había tragado la tierra. Empecé a angustiarme de verdad. Conseguí por medio de subterfugios su dirección postal a través de la organización del Festival del Valle de Arán donde nos conocimos. Le envié un telegrama urgente. Pero nada. Estaba fuera de mí. Una noche, a la una de la madrugada, llamé a Anna, mi agente, completamente desesperada y le conté toda la historia de principio a fin.

—Es imposible —sentenció ella con una lógica apabullante para la hora que era—. Una persona no puede desaparecer así de la noche a la mañana. Déjame que haga algunas indagaciones.

Lo dejé en sus manos. Y con la eficacia absolutamente profesional que la caracteriza, Anna resolvió el enigma en veinticuatro horas.

Yo sabía que W había venido a España dentro del programa de acogida del Parlamento Internacional de Escritores y el PEN club Internacional, con el apoyo del Ayuntamiento de Barcelona.

Pero por lo que pudo averiguar Anna, su periodo de residencia era por dos años y había caducado hacía meses. En su antigua dirección vivía ahora un poeta libanés con su familia.

—Nadie sabe dónde está —dijo—, pero a veces los escritores acogidos en estos programas suelen pasar por otras ciudades refugio de la red europea, que es especialmente receptiva en los países escandinavos. Parece que en Bosnia, W militaba en el Comité Helsinki, una organización nórdica de derechos humanos —aclaró Anna. Fueron precisamente ellos quienes le ayudaron con los papeles de asilo.

O sea que podía estar viviendo en Finlandia o en Noruega.

Tuve que asimilar eso. Asumir que mientras yo lidiaba con el fantasma de sus imágenes superpuestas, él podía estar en una buhardilla del Círculo Polar Ártico contemplando la aurora boreal. Asumir, en definitiva, que me habían hecho eso tan en boga ahora que se llama *ghosting*. Una palabra nueva en mi léxico sentimental. Según el diccionario británico Collins, el *ghosting* consiste en terminar una relación cortando todo contacto con la otra persona sin darle ninguna explicación, ni media palabra, callar como una esfinge, silencio administrativo. Ni mu.

Llegué a pensar que quizá me lo había inventado todo. Y seguramente lo hice en buena medida, porque el amor es pura ficción, un juego de hipérboles. Pero mi vanidad no me permitía aceptar que aquello hubiera sido fruto de mi imaginación. Sin embargo, probablemente lo era. O si no todo, una buena parte. Quizá había magnificado lo que no fue más que un simple flirteo. Yo era una mujer todavía joven y orgullosa, acostumbrada a salirme con la mía. ¿Cómo podía haberme ocurrido algo así? Enamorarme y caer fulminada a los pies de los caballos.

Me obsesioné. La memoria en estos casos tiende a comportarse como una trituradora implacable, una cámara súper 8 proyectando veinticuatro fotogramas por segundo. W con una sudadera con capucha caminando por la barandilla de un paseo marítimo en invierno, haciendo equilibrios con los brazos extendidos. W desabrochándose lentamente el botón de los vaqueros, imitando la escena del *striptease* de *Full Monty* en la habitación de un hostal en un pueblecito de Zamora. La mirada levemente gamberra y socarrona, tan distinta a su otra mirada seria y velada en las despedidas. Su cuerpo largo, con el pecho ligeramente cóncavo. Su timidez cuando entramos en el hotel Reina Victoria. Sus ojos de sueño a la mañana siguiente. W tarareando una canción de Johnny Cash, mientras conducía por una carretera castellana con el sol salpicando el capó del coche. W con ocho años y un anorak rojo el día de Navidad.

W con la parka manchada de sangre tirado en la arena de la Barceloneta. Había mucha verdad en todo eso, aunque acaso no toda la verdad.

La ofuscación me hizo recorrer internet en busca de sus libros. Me costó encontrar algún título en un idioma que yo pudiera leer. Finalmente hallé en Amazon una traducción al inglés de su última novela, *The sinking, El hundimiento.* Traté de meterme en ella con la intención de descubrir sus mecanismos internos, sus razones profundas, dar con su clave de acceso. Pero fue inútil. No lograba entender sus metáforas. Venían de una fuente a la que yo nunca había ido a beber. Su mecanismo narrativo era una muralla demasiado conceptuosa, como si escribiera rodeado por un foso lleno de dragones. No había manera de llegar al interior de la fortaleza. Yo estaba acostumbrada a escribir descalza, con una camisa fina de algodón, de un modo liviano. No conseguía entrar, sólo en alguna página atisbaba un lomo de animal oscuro moviéndose en la profundidad.

Let me in.

Entonces me rendí. Después de haber estado durante casi dos meses buscando a W por todas partes, tiré la toalla. Abandoné. Acepté que nunca más volvería a verlo. Decidí hacerle caso a Anna, que me aconsejaba que me tranquilizase y me centrara en mi vida. Me pasé un par de semanas saliendo temprano a correr, bebiendo dos litros diarios de agua, volviendo a los placeres tranquilos, la rutina de comprar el pan en el horno del barrio, de quedar de nuevo con mis amigos, que me recibieron como a una resucitada de ultratumba después de tanto tiempo de darles largas. «Pero ¿dónde estuviste?», «Nos tenías preocupados». Yo contestaba con monosílabos. Me acordaba de él, claro que me acordaba. Cada día. Sobre todo, cada noche. Pero luchaba contra mi propia memoria porque una mujer se salva antes por lo que olvida que por lo que recuerda. Y yo quería salvarme.

A veces me venía a la cabeza el estribillo de aquella canción de Johnny Cash que tarareaba en el coche. Esa era otra de las cosas que me fascinaba de W: su capacidad para imitar voces, lo increíblemente bien que cantaba. Durante casi dos años ese tema había sido nuestro himno y ahora yo no me acordaba del título. Mucho menos de la letra. Lo interpreté como una señal de que al fin el fantasma de W empezaba a desvanecerse.

Y entonces sonó el móvil. Estaba buscando una camiseta de manga larga en el cajón de la cómoda. Vi que era un número oculto. En la pausa antes de contestar tuve un pálpito. Era bastante tarde. Escuche mi propia voz amortiguada por el pánico. «Diga».

Entonces, desde el otro lado, un lado muy oscuro y muy profundo, W contestó:

—Soy yo.

14

Había ganado él. Entre el Todo y la Nada, les quedaba el 75 por ciento de lo posible. María no sabía hasta dónde podía llegar ese porcentaje. Los límites no estaban claros. Aceptó la situación. Se preparó para el papel más difícil de su carrera. Ser la otra. Sin posesividad, sin celos, sin exigencias. Asumió el *pack* al completo, con luces y sombras, con esposa e hijos, con largas ausencias y cartas casi diarias, sin rechistar. Como si hubiera comprendido de repente esa característica esencial del amor como un atributo que viene dado, que no se puede elegir. Hay que limitarse a merecerlo. Desde que el azar había vuelto a juntarlos el mismo día de su aniversario en el bulevar Saint-Germain, los dos habían tenido la sensación insensata de que un polvo de estrellas revoloteaba por encima de sus cabezas, como un regalo de los dioses. Desde entonces ya no volvieron a separarse. María se adiestró como una gimnasta olímpica en ese sentimiento superior, sublime, por encima de todos los obstáculos, con espíritu de sacrificio. Juana de Arco. Al fin y al cabo, era una heroína del teatro.

En aquella época solían ir a cenar a los restaurantes de Montmartre. Los dos sentían la necesidad de celebrar el reencuentro. Ella emanaba la energía propia de la juventud, chispeante, llena de vida, se comía el mundo. Él se movía un poco desacompasado, tenía diez años más, había llegado a esa edad en la vida en que no podía permitirse quedarse atrás. Cuando iban a bailar a las salas rusas y antillanas de Montparnasse, la orquesta, al reconocerlos, empezaba a tocar especialmente para ellos su canción, *La vie en rose*. Después de una guerra era difícil que el amor no tuviese su himno.

Eran famosos, jóvenes, brillantes... Y no existía otra ciudad como París para acoger los amores imposibles. Fue el tiempo de la exaltación física, del desorden, de las llamadas por teléfono a escondidas, de las locuras. En una ocasión, ella recorrió los casi mil kilómetros que separan París de Niza para pasar juntos sólo unas horas de la única tarde de la semana que no tenía ensayo. Estaba dispuesta a todo. Había aceptado el reto. Su territorio estaba muy acotado, pero era suyo. Estar enamorado era irse a vivir a los suburbios y lo asumía con determinación. Aunque a veces, en los descansos de la obra, en el Théâtre Marigny, se quedaba sentada entre bastidores con los codos apoyados en las rodillas y la barbilla entre las manos, mirando las cuerdas de los tramoyistas. Imaginaba todos los gestos cotidianos hasta los más nimios, como encender la estufa o preparar el desayuno, que sin duda él llevaría a cabo en la intimidad cada vez que abría la puerta de su otra vida y ella se quedaba fuera.

El 75 por ciento.

En octubre de 1948, durante el estreno de *El estado de sitio,* Camus y toda la compañía posó en una fotografía para la prensa. María Casares estaba en el centro, con un vestido blanco, la melena suelta, natural, la sonrisa tímida, los músculos del cuello en tensión. Se estaba esforzando por mantener la compostura. Pocos minutos antes había saludado a Francine, la mujer de Camus, quien también asistía al estreno, elegante y triste, con una mirada digna que María no supo cómo encajar. Sintió el sinuoso culebreo de la culpa en la espina dorsal. Era la primera vez que se encontraban frente a frente. Tú ahí, yo aquí. En algún momento tenía que suceder.

En París, solían verse casi siempre en casa de ella, en el 148 de la rue Vaugirard. El regreso de Santiago Casares Quiroga del exilio londinense complicaba todavía más las cosas por si no fueran ya suficientemente difíciles. A María le traía sin cuidado que en el ambiente promiscuo de la bohemia todo el mundo estuviera al tanto de su relación, pero no quería confesarle a su padre la clase de vínculo que la unía al intelectual que él más admiraba. Un hombre casado con dos niños pequeños.

Por suerte, tenían el cuartito en el altillo del séptimo piso, junto al palomar. Ella lo había decorado con cortinas de cretona a juego con la cama, a rayas crema y menta. Le gustaba crear a su alrededor un espacio acogedor, la ilusión de un hogar imposible. Solían ir dando un rodeo. Subían silenciosamente por separado por la escalera de servicio. Ella cinco minutos antes, después él. La excitación de lo prohibido. El miedo a ser descubiertos por el expresidente republicano. Yacían abrazados en verano con la sombra del ventilador por encima. Las cabezas muy juntas, los cuerpos completamente adiestrados ya en el conocimiento del otro, los pliegues más íntimos, las fantasías más secretas. La risa de ella como una cascada al recordar las torpezas de la primera vez, *La garde recule*. El placer experto, más perfecto, de entonces, porque se nutría precisamente del desgarro de la separación, de la nostalgia anticipada del próximo encuentro. Ya no la acometía impaciente, sino que se adentraba en ella firme y seguro. Sin prisas. No había distancia que pudiera separarlos. Albert Camus y María Casares en la cumbre del Olimpo. Por la noche subían el último escalón, hasta el tejado. Miraban desde lo alto los gatos encaramados en las buhardillas, los tiestos con macetas, las luces del Hospital Necker, el callejón del Enfant-Jésus. Desde el palomar dominaban todo aquel panorama. Ella le hablaba de la casa de su infancia, del jardín trasero donde los dientes de león crecían salvajes. Él le circundaba la muñeca entre el pulgar y el índice. «Qué delgada estás».

Los rodeaba el cielo de París, las palomas. El cuartito suspendido por encima de la ciudad. Las estrellas del bulevar de Montparnasse, morada sagrada de los dioses.

De los dos, ella era la que mejor resistía. La que tenía que reconfortarlo cuando a él se le hundía el mundo si se alargaban las separaciones, como cuando emprendió una gira de conferencias por Sudamérica: Sâo Paulo, Montevideo, Santiago de Chile... La distancia se le hizo insoportable. Dos meses y medio. Un infierno agotador que trataba de sortear con cartas diarias, desesperadas. La letra nerviosa y casi ilegible de Camus: «São Paulo es a medias Nueva York y a medias Orán. Se edifican cuatro casas por minuto... Un día sin ti es un día que no se acaba nunca, una ciudad sin jardines...».

No paraba de escribirle como si sólo las cartas pudieran sortear la distancia del océano. Lo hizo también desde Santiago de Chile un martes 16 de agosto de 1949, completamente fuera de sí. Llevaba catorce días sin noticias suyas y eso lo trastornaba. Quería creer con todas sus fuerzas que su correspondencia estaba bloqueada en Río de Janeiro por algún problema del servicio postal. Pero a veces pensaba que a lo mejor ella no le había escrito y entonces caía en un estado de desesperación que le llevaba a torturarse sin piedad, tirado a oscuras en su cuarto del hotel con la mirada clavada en el techo. Esperaba noticias suyas con una impaciencia de muerto de sed. Le decía dónde iba a estar alojado en la siguiente ciudad de la gira, Montevideo, donde pasaría los próximos días antes de regresar a Río. Le rogaba que le escribiese allí, a Río, aunque no fueran más que un par de líneas, para decirle dónde estaba, para tranquilizarlo. «Escribe o monto un escándalo internacional». La buscaba en la oscuridad. Intentaba situarla en París o en Ermenonville, donde sabía que a ella le gustaba escaparse los fines de semana. La imaginaba en los rodajes, saliendo a tomar la última copa con los demás actores de la compañía, firmando autógrafos, recibiendo flores en su camerino... Cada nombre masculino que ella mencionaba le dejaba la boca seca. El fantasma de los celos.

La letra de ella, redonda y decidida. Los puntos bien marcados sobre las íes: «Estoy y me quedo en París, donde te espero. Arriba del todo, en nuestro cuartito. Ay, amor mío...».

El calor húmedo, la ansiedad y el cansancio del viaje acabaron por agotar las escasas fuerzas de Camus. Cuando regresó a París, los médicos comprobaron el mal estado de sus pulmones. Tuvo que someterse a una cura de reposo, esta vez en Cabris, un pequeño pueblo en los Alpes de Provenza. Dos meses más de espera.

La cosa por la que le estuvo siempre más agradecido a María fue por la forma en la que ella se tomaba sus recaídas, sin dramas, sin aspavientos. Eso significaba mucho para él, que tenía una relación de auto-odio con la tuberculosis. La enfermedad era una aventura solitaria, pero ella estaba ahí.

Una mañana de febrero María lo llamó a Cabris por teléfono para decirle que se iba a interrumpir durante tres días la representación de su obra, *Los justos*. Su padre, el exministro republicano Santiago Casares Quiroga, acababa de morir.

La alimaña. El forajido.

«Ahora sólo me quedas tú». Albert acababa de volver de su paseo por la montaña con botas y pantalones de esquí, un jersey de punto grueso y la cazadora con vueltas de piel de cordero. No se podía perdonar que ella tuviera que pasar por el duelo sola. Sabía lo unida que estaba a su padre. La distancia era eso. El olor a celuloide de las placas de rayos X, la estreptomicina, cuarenta gramos al día, la nieve cayendo despacio, la noticia de la muerte de George Orwell. Otro que también llevaba años luchando contra la tuberculosis, otro que nadaba contracorriente. Un escritor con el que Camus se sentía profundamente hermanado. Formaba parte de la pequeñísima cantidad de hombres con los que sentía que compartía algo. Ambos sabían lo que era sufrir en carne propia no sólo los estragos del bacilo de Koch, sino también los ataques de sus congéneres por defender una posición de izquierdas fuera de la ortodoxia.

Así estaban las cosas. En general, era ella quien lo reconfortaba cuando él se angustiaba con los viajes o con la enfermedad. También, cuando el ambiente enrarecido del medio intelectual parisino lo hacía dudar no sólo de su literatura, sino de sí mismo. En el grupito de Saint-Germain, el éxito solía ser recibido con pequeñas puyas envenenadas.

—¿De cuántos ejemplares dices que ha sido la tirada de *La peste*? ¿Veintidós mil? Bueno, no está mal, brindemos —había dicho Sartre cuando el libro salió de imprenta antes de recordar a todos los presentes que su primera novela, *La náusea*, publicada diez años antes, llevaba vendidos casi doscientos mil.

La rivalidad entre escritores, un viejo asunto de la literatura desde que Quevedo consiguió que desahuciaran a Góngora para quedarse con la casa del poeta. La guerra entre los dos tótems sagrados del existencialismo se venía larvando desde lejos, cuarteando la relación entre dos amigos que en realidad eran dos leones encelados.

Pero no era eso lo peor.

Vivir disgregado lo rompía por dentro. Iba contra su propia naturaleza. El cinismo no se le daba bien.

Llevar una doble vida implicaba un desgaste demoledor. Camus era un hombre atrapado en ese callejón sin salida donde cada cual ajusta las cuentas consigo mismo. A veces se sentaba frente al fuego, con las manos en la cara para borrarlo todo y poder pensar con precisión. Él era un pensador, ese era su oficio.

La vida en casa se había vuelto difícil. Todo olía a leña caliente. Francine apenas salía de su habitación. Dormía mucho. A veces se quedaba en la cama todo el día. ¿En qué se había convertido su relación?

Había horas y días en que le daban ganas de estallar, de contarlo todo y acabar con aquella situación a cualquier precio. Cada vez que sentía esa necesidad de poner las cartas sobre la mesa, hacía un esfuerzo titánico para reprimir el impulso de hablar, y lo conseguía. Pero a costa de un tremendo cansancio del alma.

El 25 de junio de 1950, el ejército comunista de Corea del Norte, apoyado por la Unión Soviética y China, atravesó el paralelo 38. Una frontera que no sólo separaba Corea del Norte de Corea del Sur, sino también dos mundos irreconciliables que, desde el fin de la Segunda Guerra Mundial, amenazaban con destruirse el uno al otro. El Consejo de Seguridad de las Naciones Unidas votó una resolución condenando la invasión y confiando a Estados Unidos el mando de una fuerza internacional de intervención en la que Francia participaba.

La guerra de Corea fue una piedra rompiendo el cristal de la ventana de la salita de estar donde toda Europa estaba cenando tranquilamente. Sólo cinco años después de la rendición de la Alemania nazi, el fantasma de la tercera guerra mundial se adueñó de las calles, de las conversaciones, de los pensamientos...

Tal vez los viejos tiempos de la unión antifascista, la camaradería y las fiestas improvisadas hubieran acostumbrado mal a Camus. No se dio cuenta de que seguía siendo un intruso al que los maestros estaban dispuestos a tolerar siempre y cuando no cuestionase su autoridad. Ahora Sartre y sus acólitos, parapetados tras el Partido Comunista Francés, condenaban la intervención de Estados Unidos y sus «lacayos occidentales». Camus no encajaba en los moldes. Su libro *El hombre rebelde* se convirtió en el centro de todas las dianas cuando se publicó en 1951. Las tesis que defendía en él estaban más cerca del humanismo anarquista que del materialismo histórico.

Él pensaba que era preferible equivocarse sin asesinar a nadie y dejando hablar a los demás que tener razón en medio del silencio de montañas de cadáveres. En la época del realismo socialista, Camus se atrevía a cuestionar la ética marxista. No entendía la ceguera de los que se empeñaban en distinguir entre los campos de concentración buenos y los campos de concentración malos. La reacción fue implacable.

Fue acusado de conformista, de lavarle la cara al humanismo burgués, de nihilista, de estar a sueldo del imperialismo americano, de incitar al odio contra la Unión Soviética. De enemigo a abatir.

Sartre encontró la ocasión perfecta para saldar un despecho largamente acallado. Desde la revista que dirigía, *Les Temps Modernes*, fue a degüello contra él utilizando como interlocutor al filósofo Francis Jeanson para que escribiera una crítica del ensayo. Camus se defendió en el mismo medio y fue entonces cuando Sartre, en persona, le respondió en un tono burlesco de maestro dando una lección a un alumno primerizo que no sabe con quién se las está gastando. Recurrió a la descalificación personal y literaria. A la excomunión ideológica. Utilizó la munición más hiriente que pudo con plena conciencia del daño que iba a causar, como un boxeador profesional de la retórica. Lo tachó de «filósofo dominguero». Camus no estaba preparado para pelear en ese terreno. La guerra con Sartre lo dejó extenuado, sin voz. No consiguió mantenerse de pie en el *ring* ni siquiera a pesar de la admiración internacional de voces tan reputadas como las de Hannah Arendt y Simone Weil.

María Casares acogió en su apartamento de la rue Vaugirard a un hombre derrotado, que vagaba por la casa como un toro herido. Ella trataba de animarlo. Lo aconsejaba tanto en su trabajo como en asuntos domésticos o cuando los niños se ponían enfermos. A veces también le preguntaba por Francine. Había momentos en los que pasaba del orgullo a la pena, de los celos a la compasión. Sentía el peligro, pero no imaginaba por dónde podía venir.

Tenían la costumbre de encender una vela por la noche y hablar en esa penumbra. A él le gustaba ver un fragmento de su barbilla recortándose en el contraluz de la ventana. Pero ni siquiera allí se sentía a salvo de los odios del mundo.

El siglo XX fue una época de dioses, sueños y batallas, de héroes y villanos, en la que los intelectuales daban conferencias en los cafés y se acuchillaban por la espalda en los periódicos. El gran error de la *intelligentsia* parisina era creer que se podía ser antifascista sin ser antitotalitario. Cuando llegaron los testimonios de los gulags soviéticos, buena parte de la izquierda decidió ignorarlos. En nombre de la revolución había que aceptar cosas inaceptables. Esa era la principal línea de fractura. El problema argelino sólo vino a añadir más leña al fuego.

Pero había una hora anónima en la que todos abandonaban las tascas donde el marxismo de salón campaba a sus anchas y volvían a casa. Camus caminaba solo, con una mano en el bolsillo de la gabardina y la brasa del cigarrillo en la otra. Era un momento extraño el comienzo de la guerra fría. Un salto en el vacío. Notaba en el pecho una sensación acalorada, un presentimiento que le hacía entrar en estado de alerta. Sentía un latido sordo superpuesto a sus propios pasos, como un chirrido leve de suelas de goma que sonaban a su espalda, breves, húmedas, acompasadas, tris-tris-tris... Pasaba de la media noche. Tenía demasiadas preocupaciones en la cabeza. Sólo él conocía la profundidad de sus tinieblas interiores, atrapado como estaba en medio de dos fidelidades. De nuevo volvió a oír un crujido de pasos en la esquina de la rue de Vieux Colombier, donde se hallaba la sede de Partido Comunista Francés.

Se volvió instintivamente, pero no vio a nadie.

«Me estoy obsesionando».

15

La canción de Johnny Cash cuyo título no conseguía recordar era *The Girl From the North Country*. Hay una versión maravillosa que canta a dúo con Bob Dylan.

If you're travelin' in the north country fair
Where the winds hit heavy on the borderline
Remember me to one who lives there
She once was a true love of mine.

Si viajas a la feria del país del norte
donde los vientos golpean fuerte en la frontera
dale recuerdos de mi parte a una chica que vive allí
porque ella fue una vez mi amor verdadero.

¿Cómo podía haberla olvidado? Me vino a la cabeza de golpe al escuchar de nuevo la voz de W al teléfono.

Quería decirle tantas cosas al mismo tiempo que me atropellé. «¿Dónde estás? ¿Te encuentras bien? ¿Qué ha pasado? ¿Por qué no has llamado antes?».

«Lo siento», fue lo único que W contestó. Y entonces, toda la ansiedad contenida, que hasta ese momento había logrado mantener a raya a duras penas, se manifestó de golpe. Y perdí la compostura.

«¿Cómo has podido hacerme esto? ¿Pero quién demonios te crees que eres?».

«Hay cosas que tú no puedes entender, Franch —dijo él aún con bastante consideración—. No todo el mundo tiene la suerte de nacer en un país donde la gente se da los buenos días. Yo nací en el otro lado. Allí hay cuentas pendientes que saldar y hay que saldarlas. Yo tengo las mías y eso no te incumbe». Su tono iba in crescendo, cada vez más áspero, cortante. Podía sentir cómo se le iba retorciendo la voz por dentro. Pero yo también tenía derecho a estar rabiosa.

Todavía no era consciente de en qué lado de la barrera me encontraba. Estaba evidentemente en el de los vivos, los que no pueden ser detenidos, golpeados o asesinados en cualquier momento. W pertenecía al flanco violento de la montaña, había crecido entre la ferocidad de dos imperios. Yo eso lo sabía.

«*Ne, ne, ne...*», recordé que suplicaba en su idioma mientras intentaba protegerse de las patadas, ovillado en la arena, como esos boxeadores que no pueden ponerse en pie mientras el árbitro cuenta hasta diez.

Muchas veces durante aquellos meses en los que no había sabido nada de él, se me había cruzado por la cabeza la idea de investigar por mi cuenta la participación de W en el conflicto de la antigua Yugoslavia. ¿Por qué no había querido que fuésemos a la comisaría? Tenía que existir alguna razón. Mis sospechas eran el atisbo de una intuición abisal, como un reptil tenebroso en la profundidad del pensamiento. Podía haber intentado atar cabos, a fin de cuentas, tenía amigos periodistas... Pero por alguna razón deseché la idea. Quizá en el fondo tenía miedo de encontrarme con algo que en realidad no deseaba saber. La literatura debería haberme servido al menos para entender que existe una zona de riesgo, a campo descubierto, donde nadie puede cubrirte. Un ángulo ciego donde nadie puede socorrerte si caes herido o pisas una mina. Donde nadie te salvará si te abate el enemigo. Donde ninguna hada madrina podrá ir a protegerte con su varita mágica.

Siempre es bueno saber el lugar que uno ocupa en el mundo. En eso W tenía toda la razón. Pero yo era entonces una persona en exceso confiada, la vida no me había puesto aún contra las cuerdas. Pasó algún tiempo antes de que lograra entender ese principio tan elemental. El tiempo es la escuela en la que vamos aprendiendo.

—Al final, lo único que cuenta es si te la juegas o no por ser quien eres —continuó diciendo W, o eso me pareció entenderle—. Y si no te la juegas, pues cállate. O al menos no hagas preguntas estúpidas.

La última parte de la frase sí que la entendí meridianamente. Su tono irritado no admitía lugar a equívocos. Había una inflexión nueva en su voz, una inflexión que antes no estaba. ¿Qué le había ocurrido? Estaba furioso. Parecía que quisiera provocarme para que lo odiara, azuzándome a propósito, metiendo su mano en mis fauces para que yo saltara sobre él como una loba. Y yo estaba preparada para saltar. Por supuesto que lo estaba. No lo reconocía. No conocemos a nadie en realidad. A veces pienso que lo mejor es saber lo menos posible sobre las personas. De todos modos, tarde o temprano, acaban mostrándose tal como son. W estaba siendo desagradable. Deliberadamente desagradable. La conversación culebreaba y mientras hablábamos, yo sentía como si estuviera hundiéndome en arenas movedizas. Nunca antes se había comportado así. ¿Era aquel el W que yo conocía?

No parecía el mismo hombre con el que una vez entré en una iglesia del siglo XI. No habían pasado tantos meses desde aquel viaje en coche por las carreteras de Castilla y León. Era noviembre y de pronto estábamos los dos solos bajo la bóveda enorme de un panteón real, en la conocida como la capilla Sixtina del arte románico. Mirábamos las pinturas al fresco de San Isidoro de León. Los pastores esparcidos por el techo, los campesinos dedicados a las faenas agrícolas, la siembra del trigo, la vendimia... Figuras estilizadas de influencia bizantina, quizá por eso a W le resultaban tan cercanas. Las vestiduras de colores ocres, las cabras montesas, los signos del zodíaco, todo el animalario de la Edad Media bajo aquella luz blanca casi sobrenatural que nos trasladaba a la montaña leonesa de hacía más de mil años.

Estuvimos quietos, sin decir palabra, durante más de diez minutos. Fue uno de esos momentos de plenitud extrema, envueltos por una capa de silencio medieval. W estaba deslumbrado, la cabeza echada hacia atrás, mirando hacia el techo fascinado como un monje cisterciense que estuviera leyendo un manuscrito iluminado. Entonces me señaló con el dedo un pequeñísimo detalle, algo que llevaba un personaje en los frescos de la última cena, el que servía el vino en una esquina de la bóveda con el rostro alargado. Estaba al lado de Judas Tadeo y la copa que llevaba en la mano era un cuenco de ónix. W se había fijado en ese mínimo detalle. ¿Cómo alguien capaz de intuir el misterio emocionante del arte podía estar hablándome de aquella manera?

No podemos saber hasta qué punto estamos enamorados o se trata sólo de una obsesión. Ya lo dijo Oscar Wilde, la diferencia entre el amor verdadero y un simple capricho es que el capricho puede durar toda la vida.

La pasión es un rapto de luz. Es muy fácil engancharse a eso. Luego, antes de que hayas tenido tiempo de darte cuenta, la luz desaparece y el mundo se queda otra vez a oscuras. Realmente existen franjas muy extensas en la vida del otro de las que quien ama no tiene ni idea. W siempre había interpuesto balizas de seguridad ante esas zonas: pequeñas evasivas, eventuales silencios o cambios de tercio, no siempre hábiles, cuya principal función era señalizar un área minada que debía evitarse a cualquier precio. Pero ¿cómo demonios iba yo a saberlo?

Yo recordaba uno por uno los nombres de todas las iglesias en las que habíamos entrado. La carretera estrecha, el cielo gris, las colinas verdes. San Esteban de Gormaz, Santa María de la Anunciada, San Martin de Frómista...

Un cáliz de ónix.

Sentí que, si seguíamos hablando por teléfono, lo tenía todo perdido. Por ahí no iba a conseguir nada. Para remontar aquella situación, necesitaba mirarle a los ojos, meter la cabeza debajo de su camiseta y sentir su cercanía. Abandonar mi maldita fantasía, el mundo imaginario del enamoramiento a distancia. Quería abrazarlo desnudo. Quería su cuerpo real conmigo. Lo necesitaba de un modo presencial. Por teléfono no me valía. La situación no dejaba de ser irónica. Yo era la mayor. La mujer de mundo, la que debería saber lo que había que hacer en cada momento, la que jugaba en casa y conocía las reglas. Sin embargo, nunca en mi vida me había sentido tan perdida. Tan en desventaja. No sabía desde dónde me estaba llamando y él no parecía muy dispuesto a darme esa información. Le propuse que nos viéramos otro día para hablar. Pero no había nada que hablar.

Lo esencial que W quería decirme aquella noche era precisamente que debíamos dejar de vernos, dejar de llamarnos.

—Lo dices por ti o por mí.

—Lo digo por los dos. Es mejor así. Cuanto menos contacto tengamos, menos doloroso será. Cortar por lo sano.

—¿Cortar por lo sano? —pregunté temblando como si me acabara de entregar un cuchillo—. ¿Y cómo se hace eso?

—Se hace un torniquete y listo. No te preocupes. En algún momento la herida dejará de sangrar.

En ese instante sentí un trallazo por dentro. Me di cuenta de que estaba tratando con un terrorista emocional. Soltó esa bomba en mi habitación y colgó. Todo saltó por los aires.

She was once a true love of mine.

16

El humo provenía del puerto, cerca del depósito de carburantes. Toda la parte baja de Argel olía a queroseno. La explosión de la bomba dejó una pesada nube de partículas. La gente corría en todas direcciones. La ciudad se convirtió en un caos de sirenas de bomberos y ambulancias haciendo sonar sus campanillas. Varias granjas de colonos franceses fueron ametralladas. Grupos organizados de asaltantes entraron en algunas gendarmerías y se hicieron con las armas. En Cabilia ardían las fábricas de tabaco. Camus leyó la noticia en *Le Figaro*. En un primer momento no pareció darse cuenta de la importancia de los atentados. Aquel tipo de incidentes no resultaba del todo inusual. Era el 1 de noviembre de 1954, el Frente de Liberación Nacional de Argelia (FLN) acababa de proclamar el comienzo de la guerra de independencia.

Cuando tomó verdadera conciencia del significado de los hechos, se quedó completamente abatido. ¿Cuántas causas nobles podían justificar la muerte de un niño, de una vendedora de dátiles, de un maestro de escuela, cuando uno aspiraba a construir un Frente de Liberación Nacional? No comprendía cómo los franceses de Argelia podían ser considerados enemigos, cientos de miles de *pieds-noirs*, como él, que vivían en los barrios más humildes, en armonía con sus vecinos árabes tan pobres como ellos. Creía firmemente en el entendimiento y la coexistencia entre las dos comunidades porque lo había vivido de niño, por eso era partidario de una tregua civil. Pero esa creencia lo colocaba de nuevo en medio de un fuego cruzado. Para los patriotas franceses, era un traidor a su país que merecía la muerte. Para los independentistas argelinos, un «cabrón» neocolonialista de la peor especie. Lo único que él deseaba era derribar esas fronteras, zambullirse en los recuerdos de la ciudad de su infancia, en una tierra sin amos.

Se levantó, dejó unas monedas en la mesa del café y salió al otoño grisáceo y lluvioso de París con el periódico bajo el brazo. Torció por la avenida de los Campos Elíseos en dirección al Théâtre Marigny, donde había quedado con María. Mientras caminaba iba pensando en percutores, en mecanismos invisibles, en artefactos caseros de acción retardada que podían estallar en cualquier momento.

A todas sus preocupaciones se añadía ahora una insoportable inquietud. Su madre estaba atemorizada desde que vio cómo apuñalaban a un vecino en la calle, delante de su casa, un simple comerciante que estaba bajando el cierre metálico de su establecimiento. Poco después, los ventanales del Milk-bar, la popular heladería de la plaza de L'emir Abdelkader a donde solían acudir los escolares con sus familias al salir del colegio, saltó en mil pedazos. Más de sesenta heridos. Niños de siete y ocho años sin manos, sin piernas. Fue la etapa de la carne picada. No era algo que ninguna madre lograra entender. Camus quería traérsela con él a Francia, pero ella no era una persona que pudiese vivir en un lugar distinto al que conocía. Una mujer de pocas palabras, casi sorda, analfabeta, que no era capaz de leer un libro, sin embargo, sabía el nombre de los vientos que secaban la ropa en el terrado de la vieja casa de Argel. En una ocasión esa madre, pensando en hacerle el mejor regalo posible a su hijo, le había comprado una docena de calcetines blancos de algodón. El ajuar de un príncipe. Camus nunca pudo pensar en ella sin que se le llenaran los ojos de lágrimas.

Fueron años menos buenos. Inviernos gélidos, veranos secos, los otoños llenos de hojas amarillas arremolinadas en el parque Jean-Jaques Rousseau. Francine seguía encerrada en sí misma. Parecía vivir dentro de la irresolución permanente, todo se le hacía una montaña. Elegir el menú de la comida, ocuparse de los niños, decidir qué vestido ponerse. Una noche, Camus se despertó sobresaltado y descubrió que no estaba en la cama. No era la primera vez que ocurría. A veces, por la noche, cuando los niños estaban acostados, ella se levantaba dando pasitos cortos de sonámbula con los brazos pegados a los costados por el corredor hasta la ventana. Su mirada no intentaba abarcarlo todo, como si la hubieran privado de ese derecho. La encontró con medio cuerpo ya fuera de la balaustrada, a punto de precipitarse al vacío. La sujetó fuertemente por los hombros y la devolvió en brazos a la cama. No pesaba ni cuarenta y cinco kilos.

Para María Casares fue la época de su consagración como actriz. Le llovían los contratos. No paraba de trabajar. Una media de cuatro o cinco obras al año. En el cine y sobre todo en el teatro. Pasaba horas enteras ensayando con sus compañeros de reparto. La prensa la sacaba sonriente con el pelo recogido en una cola de caballo, paseando por la ciudad con ropa de verano y alpargatas de cuña, pero ella estaba melancólica, cansada. Siempre pensaba que todo iba a salir mal. Sin embargo, era aclamada en todas partes con salas enteras puestas en pie. En la Comédie-Française, el presidente de la República y altos cargos de la magistratura aplaudían con fervor en primera fila; en el Patio de Honor del Palacio de los Papas de Aviñón, durante el estreno de *Macbeth,* actuó como una fiera, sacudiendo el cuerpo como poseída para conjurar sus temores ante la maldición que pendía sobre la obra escocesa. Su voz como una antorcha encendida. Un estruendo de aplausos. La crítica no escatimó ningún elogio: «Una leyenda viva», «Un monstruo sagrado», «La nueva Sarah Bernhardt»... Pero Camus no pudo asistir. Siempre ocurría algo en el último momento que se lo impedía. Al final, tuvo que regresar a París sola, leyendo *Los demonios,* de Dostoievski, en un tren nocturno, con una linternita engarzada al brazo de la butaca. Una mujer arropada con una manta de viaje, atravesando los campos de lavanda de la Provenza francesa metida en una novela rusa.

Todos esos momentos importantes de sus vidas que no podían compartir. La Nochevieja solitaria de ella, escuchando Radio España, esperando las doce campanadas del reloj de la Puerta del Sol, teniendo que soportar antes un discurso de Franco. Y luego, para volver a estar en paz con el mundo, a Édith Piaf cantando *La vie en rose,* su himno particular. Llevaban juntos diez años.

Ahora era ella la que estaba constantemente de gira. A Camus le costaba seguirle el ritmo. A veces, cuando María estaba de viaje y él tenía que quedarse en París, subía con su llave a la rue Vaugirard para sentarse a solas en el cuartito del palomar y echarla de menos a sus anchas. No podía vivir así. «¡Cuándo estarán mi chaqueta y tu falda colgados del mismo clavo!», pensaba.

Tampoco a ella le resultaba fácil. Todo ardía, alma, cuerpo, encima, debajo, corazón, carne, y aquella languidez de la noche cayendo. «¿Lo entiendes? —le preguntaba—. ¿Lo has entendido bien?». Las cartas incesantes estaban llenas de deseo físico.

Lo que María no le contaba en ellas eran los momentos bajos, cuando cedía a la tentación y se dejaba caer en otros brazos, de actores normalmente compañeros de reparto que estaban a pie de obra. Jean Servais, Jean Bleinye, Gérard Philipe... Nada importante. También él tenía sus *affaires* en medio de la imposibilidad, como la americana Patricia Blake, la actriz Catherine Sellers o la francesa de origen danés Mette Ivers, mujeres hermosas, de mirada atenta, que no alimentaban borrascas con su cuerpo. Era una forma que tenían los dos de querer acabar con aquella locura suya, de negarla, de pasar página. Pero no fueron capaces.

Febrero llegó con pájaros negros. 1953 no había sido un buen año. Francine tuvo que ser internada en una clínica en Saint-Mandé, a las afueras de París. Le temblaba todo el cuerpo. Tenía ataques que le provocaban convulsiones, como descargas de una tormenta. Estaba sedada casi todo el tiempo. Sufrió un coma hipoglucémico, se fracturó la pelvis en otro intento de saltar por la ventana. Camus se pasaba las tardes al filo de la cama con una piedad infinita de la que no sabía cómo defenderse. Era el demonio del amor. Otra guerra, larga, sucia y perdida de antemano, como la de Argel. Una tragedia, un desastre personal.

Ese estado de ánimo se hizo aún más desolador cuando al año siguiente recibió la noticia de que Simone de Beauvoir había ganado el Premio Goncourt por su novela *Los mandarines*. Camus sabía bien cómo funcionaban los premios literarios en el patio parisino, pero aquella vez la farsa había ido demasiado lejos y tenía visos de *vendetta*. La autora, conocida por su voraz inteligencia, se permitía mezclar realidad y ficción, manipulando los hechos con total impunidad hasta la calumnia, sin asumir ninguna responsabilidad, parapetada como estaba detrás del escudo de las leyes narrativas. La novela trataba sobre las relaciones entre un grupito de intelectuales franceses al término de la Segunda Guerra Mundial, cuya identificación con los seres reales de carne y hueso resultaba más que obvia. Uno de los personajes dirigía un periódico que se llamaba *L'Espoir*, curiosamente el mismo nombre de la colección de Gallimard que dirigía Camus. Y, por si el lector avezado no reparara en esa coincidencia, daba más detalles. Su mujer padecía trastornos psiquiátricos y él la abandonaba por los encantos de una actriz, seducida por la reputación de ese escritor dominguero y mediocre, autor de novelitas que le hacían el juego a la derecha. No como las del otro protagonista y verdadero héroe de la novela, llamado Dubreuilh, el gran maestro, que había encontrado el camino de la verdad. O sea, Sartre.

Demasiadas guerras sucias.

Camus había cumplido cuarenta años, esa edad a la que un hombre dejaba de ser joven y empezaba a familiarizarse con los dilemas morales.

Era buen padre por naturaleza, pero un marido pésimo. Para él la familia y los hijos pertenecían al núcleo duro de la existencia. Pero ¿de qué le servía la existencia si no podía tener al amor de su vida? Todo su afán se concentraba en querer conciliar los contrarios. Se hallaba en medio de un fuego cruzado entre mujeres, entre países, entre extremos. A duras penas conseguía mantenerse en equilibrio en la cuerda floja. Eso lo hacía vivir a salto de mata, improvisando sobre la marcha soluciones que lo único que conseguían era empeorar aún más las cosas. De nada le servía que los médicos le asegurasen que el trastorno que padecía Francine se debía a causas patológicas. Porque él sabía que los fracasos conyugales habían sido la espoleta perfecta para que estallaran. Una bomba de acción retardada. La imagen de ella por el pasillo de casa con los brazos pegados al cuerpo y un pie descalzo le provocaba un zumbido en los tímpanos como el que se produce después de una explosión. Durante unos segundos veía a la gente gesticular y mover los labios a su alrededor, pero no oía nada.

El sentimiento de culpa curiosamente lo mantenía a flote. Se puso a escribir *La oda al mar*, un texto extraño. En esa época pensaba cosas extrañas. Escribía cosas extrañas.

> «He crecido en el mar y la pobreza me ha resultado fastuosa. Más tarde perdí el mar, entonces todos los lujos me parecieron grises (...) Desde entonces aguardo. Aguardo los barcos de vuelta, la casa junto al agua...».

Había demasiadas deudas que zanjar. Hasta entonces, los ingresos de la literatura le habían aportado lo necesario para vivir holgadamente. Pero, de repente, se dio cuenta de que no le quedaba nada. Todo se había ido por el sumidero: el apartamento que se había comprado en la rue Madame, los viajes a Argel para visitar a su madre, las vacaciones familiares en el Mediodía francés, las escapadas con María en el viejo Citroën, un 11 ligero negro al que habían bautizado con el nombre de Desdémona, su generosidad natural con los poetas y amigos necesitados, los gastos médicos agravados ahora por la enfermedad de Francine... Se encontraba en bancarrota. Había crecido en la más absoluta pobreza y estaba acostumbrado, pero se le juntó todo. La situación financiera, las preocupaciones familiares, el ambiente cultural envenenado, los bloqueos creativos, el desorden del corazón, sus latidos desacompasados... En medio de esa debacle personal, Camus pensaba que las grandes ideas eran la única tabla de salvación. Se agarró a ellas.

La libertad unida a la justicia social lo acercaba a los socialistas de izquierdas, a los sindicalistas revolucionarios, a los anarquistas. Para él, era un milagro que los hombres hubiesen inventado esos conceptos en un mundo tan falto de ellos. Volvió a la escena política, como cuando militaba en la Resistencia. Encabezó una campaña internacional en defensa de la escritora Victoria Ocampo, detenida en Argentina. Apoyó la sublevación de los obreros de Berlín Este contra el régimen comunista, violentamente reprimida por las fuerzas soviéticas. Tomó la palabra en un mitin de protesta en la Mutualité. Organizó actos de apoyo a la España republicana... Sus ideas daban la vuelta al mundo. No entendía muy bien cómo, se había convertido en un referente universal.

A principios de noviembre, en el bulevar Saint-Germain se organizó una exposición dedicada a su obra: «Documentos sobre Albert Camus». La retrospectiva hizo que se sintiera como una vieja gloria del pasado, como si ya estuviera muerto. Un homenaje póstumo. Fotografías, decorados de sus obras teatrales, manuscritos, editoriales del primer número de *Combat*, artículos publicados en revistas, el *New York Times, Book Review*... A sus cuarenta años era un hombre célebre, pero atormentado.

En su despacho de Gallimard, tenía fotos de María en el festival de Angers, radiante, con la melena al viento, guapa y morena con su vestido azul claro delante del castillo de Roi René. El único consuelo en aquel río revuelto era el deseo que sentía por ella. Lo que en cierto modo mantenía el calor en su interior. Momentos robados que duraban lo que tardaba en salir volando una paloma. La desnudaba deprisa, jadeante, luchando por bajarle la cremallera del vestido, lamiendo su barbilla altiva, impaciente en su cuartito del séptimo piso. Cuando estaban juntos, su misma felicidad lo hacía infeliz. ¿Y qué era la felicidad a fin de cuentas? ¿Una traición hacia su propia familia o el deseo de otra vida?

No lo sabía.

17

Me acordé de una frase de Jules Renard: «He construido castillos en el aire tan hermosos que podría vivir entre sus ruinas». Era una buena cita, pero falsa. Nadie puede vivir en las ruinas de un castillo. Mi primera reacción fue el odio, naturalmente. Un odio puro, visceral, cristalino. ¿Cómo podía haber estado tan absolutamente ciega para no verlo venir?

Cortar por lo sano.

Los recuerdos buenos eran los peores, así que traté de centrarme en los malos. Sabía lo que había que hacer. No era la primera vez que me enamoraba. Tenía práctica en romperme la crisma, pero esta vez, por algún motivo, no iba a resultarme tan fácil la reconstrucción. Fui repasando, una por una, las zonas en sombra, los gestos desapercibidos, silencios, pequeños detalles que en su momento me desconcertaron, pero que dejé pasar: la forma demasiado abrupta en que a veces W cortaba una conversación telefónica de madrugada, dejándome con la palabra en la boca. «Se habrá quedado sin batería», pensaba. O el modo en que apartaba los ojos, como si los deslizara, cada vez que yo le hacía una pregunta inconveniente. Me daba perfecta cuenta de que había cosas que me estaba ocultando, pero creí que era mejor así. Una no puede ir por la vida como un notario exigiendo la verdad.

En una ocasión W no fue tan cauteloso y dijo algo que quizá no quiso decir: «Estuve implicado en algo. Bueno, yo no, pero estuvieron implicadas personas muy cercanas a mí, personas de mi familia». Esperé a que continuara, pero no lo hizo. Recuerdo que la luz del sol tenía una nitidez cortante, amarilla, que le hizo daño en los ojos. Bajó la visera del coche. Se quedó muy serio mirando la lata de Coca-Cola que habíamos comprado en el súper de una gasolinera. Entonces me pareció oportuno cambiar de tercio y, con una jovialidad impostada, le dije que más valdría que arrancara si quería que llegáramos a tiempo para comer en algún sitio.

¿Podría ser que él conociera a los agresores? Podría. La primera vez que lo pensé fue dentro del taxi, cuando no quiso subirse conmigo. No fue un pensamiento propiamente dicho, sino más bien un presentimiento. La destreza casi militar de los atacantes, su dominio de las artes marciales, las mallas negras. En el fragor de la pelea soltaban palabras que yo no entendía, pero que indudablemente debían de tener algún significado. Esa idea me obsesionaba.

Durante nuestro primer viaje juntos, me fijé en que por la noche especialmente a W le gustaba llevar un auricular del móvil en el oído y otro colgando bajo la barbilla, como si necesitara vigilar los ecos de otras partes del mundo que podían ser importantes para él. Un pie aquí y otro allá. Llevaba siempre encima una navajita tradicional turca de dos hojas, una de tranchete, con el mango de cuerno. La utilizaba para abrir latas, para arreglar cosas, para hacer incisiones en la madera. No la guardaba en el bolsillo, sino dentro de la bota del pie derecho, como Jim West, el mítico agente secreto del salvaje Oeste. Podía haberla usado durante la pelea, pero no lo hizo. Se me conectaban imágenes dispares en la cabeza como fotogramas perdidos de una película en la que no sabía exactamente qué papel jugaba yo, si es que jugaba alguno.

Quería olvidarme de él, porque no albergaba ninguna esperanza. Pero al mismo tiempo necesitaba aferrarme a todos los recuerdos para seguir viviendo en las ruinas del castillo.

Nadie sabe nunca lo que sucede de verdad entre dos personas. Aunque todo lo importante ocurre siempre entre dos personas. No se trataba sólo de que yo no pudiera comprender el comportamiento de W, era que no podía aceptarlo. El amor es a menudo una cuestión de orgullo. La comprensión en el fondo me daba igual. Tardaría todavía algún tiempo en poder comprender. Para lograrlo tendría que hacer un viaje largo en todos los sentidos. Pero antes pasó otra cosa, algo del todo inesperado, que me hizo contemplar las cosas bajo un prisma nuevo y, en cierto sentido, definitivo.

Cuando era pequeña, mis padres nos llevaban a mi hermana y a mí un par de semanas durante el mes de julio con mi abuela a un balneario de aguas termales en Mondariz. Aquellas vacaciones eran raras, como de otra época. La mayoría de la gente era mayor, no había menús infantiles, todo eran patatas hervidas y pescado blanco con espinas, pero los alrededores eran fascinantes, el salvaje suroeste de la sierra gallega del Suído. Allí me sentía yo como Tom Sawyer. A la hora de la siesta, solía escaparme de la vigilancia adulta por una cancela de madera que había en la parte de atrás del jardín. Una tarde, cuando tenía ocho o nueve años, iba caminando sola y fugitiva por un puente al que llamaban Los Pasos, que en realidad eran mojones de piedra que había que saltar uno a uno para atravesar el río Tea. No se oía nada a aquella hora más que el sonido del agua y los pájaros. Cuando crucé al otro lado, tropecé literalmente en el suelo con un nido abandonado con unos polluelos tan pequeños y desplumados que me parecieron de una especie desconocida que había aterrizado por error en la Tierra procedente de otro planeta. Tenían el pico anaranjado y una pelusa rubiácea que parecía de algodón. Aún no habían abierto los ojos y palpitaban. Al instante, decidí que eran unos pobres polluelos huérfanos a los que había que salvar. Mi condenado redentorismo. Hice una especie de cuna con la sudadera, atando las mangas por los extremos, dejando el hueco mullido de la capucha en el centro, y así me los llevé al balneario. Recorrí el camino de vuelta con mucho cuidado, el aliento entrecortado. Al llegar, les puse unas miguitas de pan de la merienda y los acomodé entre las ramas de un manzano, en un lugar apartado del jardín para que nadie los molestara, justo al lado del pequeño cobertizo donde se guardaban los sacos de abono, una carretilla verde y los rastrillos. No le conté a nadie mi hazaña hasta la mañana siguiente. Pero cuando quise ir a enseñarle el nido a mi hermana, ya no estaba. Lo anduvimos buscando mucho rato por todas partes hasta que el señor Isolino, el jardinero, nos preguntó qué demonios estábamos haciendo. Antes de que él me lo explicara con mucha paciencia y conocimiento de causa, yo ya sabía que no debí haber recogido a los polluelos. Quise convencerme de que quizá la madre había ido a rescatar a las crías por la noche, pero sabía que no era verdad. Siempre que me acordaba de ese incidente, cosa que me ocurría con mucha frecuencia a pesar del tiempo transcurrido, todavía me embargaba el sentimiento de culpa, como si ese fuera mi pecado original. Pero la culpa iba acompañada también de la parte de excitación y efervescencia que me latía en las venas mientras llevaba a los polluelos vivos envueltos en la capucha de la sudadera por el puente de Los Pasos en el zumbido agreste de la tarde de verano.

Por alguna razón que desconozco, con W había sentido desde el principio una emoción parecida al darle refugio en mi corazón. Sabía que no debía hacerlo, que no saldría bien, que antes o después desaparecería sin dejar rastro. Él provenía de otro mundo del que yo apenas sabía nada, un mundo en el que no era ni mucho menos raro que a uno lo asaltasen en una playa varios individuos jadeantes, expertos en artes marciales. Recuerdo que cuando el taxi arrancó en el semáforo de la Barceloneta y yo me recosté en el asiento y cerré los ojos, volví a pensar en el nido robado y en algo que había hecho mal, por lo que debía pagar.

Traté de continuar con mi vida de escritora, procurando no pensar en todas las cosas en las que no quería pensar, como si todo aquello hubiera sucedido en otra vida. Hubo otros hombres ocasionales a los que recurrí como antídoto, como una manera un poco desesperada de pasar página. El viejo mito para enamorados de que un clavo se saca con otro clavo. Falso. Un clavo nunca saca a otro, sólo sirve para que el primero se clave más profundamente. Ninguna de mis nuevas conquistas me duró demasiado, no era fácil resistir la comparación. Me parecían hombres demasiado fervientes, o demasiado previsibles o demasiado entregados. Tipos sin misterio, que no tenían nada que ocultar.

Me dediqué a hacer mi trabajo con razonable celeridad, redactando la sección de cine de una revista de moda. La terapia ocupacional sí que funciona casi siempre. Me encargaron una serie de entrevistas para el suplemento dominical que tuvieron buena acogida y me granjearon el beneplácito de los jefes. Como consecuencia el director me envió a cubrir un certamen internacional de teatro que se celebraba en Italia, lo que en el argot de la redacción llamamos un *cola-cao*, y viajé a Nápoles. Al volver, me apunté a clases de esgrima, que es lo mejor para potenciar la resistencia, los reflejos y la capacidad de coordinación. No volví a asistir a ningún encuentro de escritores por una temporada como medida cautelar. Con el último había tenido bastante.

Una tarde de finales de marzo, mi agente me envió un enlace de Facebook con la página del Parlamento Internacional de Escritores, en el que había fotos de las reuniones previas a la ceremonia de clausura del Tribunal Penal Internacional para la antigua Yugoslavia (TPIY) que estaba prevista para final de año. Se hallaban presentes víctimas, testigos y magistrados de la propia Corte. Había una foto de Paddy Ashdown, el político liberal británico, y de la directora del Centro de Derecho Humanitario de Belgrado. En medio de los dos descubrí a W con gafas, nunca se las había visto puestas. Tuve que agrandar la imagen para reconocerlo. Era él sin duda. Llevaba una chaqueta holgada sin corbata.

Parecía mayor, como si hubiera pasado más tiempo del que en realidad había pasado. Se le veía cansado, un poco demacrado. A algunas personas las fotos les envejecen. Aun así, mantenía un atractivo incuestionable. La arruga del entrecejo, el gesto explicativo de la mano, el porte alto, de jugador de básquet, algo inexplicable en los ojos, una especie de mirada hambrienta. Me cambió el ritmo de la respiración. ¿Cómo podía tener todavía ese efecto sobre mí después de haberme dejado en la estacada y haberse esfumado como un fantasma? Tenía que haber una grieta mínima en mi cerebro que seguramente nunca iba a cicatrizar. Era la única explicación. El post decía:

> «Ciento sesenta y un acusados, ciento cincuenta y cuatro procesos, ochenta y tres sentencias y diecinueve absoluciones impiden la negación de los delitos. No habrá verdadera paz en los Balcanes hasta que desaparezcan los políticos que mandaban entonces y siguen ahí. La radicalización de los jóvenes no es privativa de Bosnia. La hemos visto en el islam y entre la extrema derecha europea. En Bosnia, queda lo más difícil: la reconciliación de unas comunidades todavía antagónicas».

¿Cómo podía volver a pensar en W con ternura después de su comportamiento conmigo?

Se hace un torniquete y ya está.

Seguía estando dolida. Sin embargo, había una parte dentro de mí, por ínfima que fuera, que quería entenderlo, que deseaba aferrarse a cualquier resquicio, encontrar una explicación que me permitiese entender sus razones. ¿Y si no había tenido alternativa? ¿Y si estaba entre la espada y la pared? ¿Y si quería protegerme de algo? ¿De las comunidades antagónicas? ¿De alguien?

¿Y si...?

Cerré el enlace, me calcé las zapatillas deportivas y me fui a correr por el cauce del Turia, que es lo que hago siempre cuando estoy muy ofuscada o cabreada conmigo misma. Mientras corría por la pista de tierra, debajo del puente de las flores, pensé que justamente en aquel lugar nos habíamos besado, tirados en la hierba al atardecer una de las veces que él vino a Valencia, y automáticamente empecé a recordar todos los lugares de la ciudad en los que también nos habíamos besado: en la estación del Norte, junto a la tienda de Natura; y frente a la iglesia de San Nicolás, en el barrio del Carmen; y en la calle de la Paz de madrugada, con el camión de la basura pasando por delante; y en la puerta del Instituto Luis Vives, a la hora del patio, como dos adolescentes más... Cuando llevábamos unas horas juntos, se me olvidaban las más elementales normas de discreción. Se me borraba todo. Se me olvidaba que tenía otra vida real que no me pertenecía. Los contornos del mundo se evaporaban, se diluían... Entraba en un modo desconocido de ser yo. No sé cuánto tiempo estuve corriendo. Sólo sé que al llegar a casa tenía ampollas en las plantas de los pies.

Lo olvidaré, me juraba a mí misma mientras me lamía las heridas. Sí, claro, todo se olvida. Lo malo es que no sabía si tenía ganas de vivir en un mundo donde yo lo hubiera olvidado.

Pasaron los meses de primavera con su cuota inevitable de fines de semana angostos y de chaparrones repentinos, de mañanas efímeras y tardes de sol tibio que entraba en diagonal hasta el borde del sofá. La calma del atardecer. El olor a pólvora y azahar que en Valencia remite siempre a una dicha mediterránea. Las procesiones de Semana Santa. Los vendavales de mayo, que dejaban el cielo esmerilado, listo ya para el verano... Y de pronto uno de aquellos días de mayo, cuando estaba empezando a levantar cabeza, recibí una llamada extraña. Era una mujer que se expresaba en inglés con bastante dificultad. Tenía una voz melodiosa y tímida. Voz de mujer delgada. Con un acento extraño, medio austríaco me pareció. La comunicación no era buena. Tuve que hacerle repetir sus palabras varias veces. No supe si los ruidos que percibía a través de la línea eran debidos a su respiración o a una mala conexión. Pero cuando colgué, noté que la composición de la atmósfera a mi alrededor se había alterado por completo, como si fuera a producirse un fenómeno meteorológico de alcance desconocido.

18

En la vida pasan cosas que no podemos impedir. René Char tenía razón. Era una de las pocas personas con las que Camus podía hablar sin tapujos de los asuntos íntimos más espinosos. Un tipo de metro ochenta y cinco, sólido como un menhir. Tenía las manos de un herrero y la cabeza de un filósofo presocrático. Albert sentía hacia aquel exjugador de *rugby*, convertido en poeta, una amistad tenaz y limpia, alejada de las miserias que embarraban los círculos literarios de Saint-Germain. Estaban sentados en un rincón de la cocina al lado del lavadero. Camus cogió agua del grifo con las manos y se pasó varias veces los dedos húmedos por el pelo, en ademán desesperado.

—No sé qué hacer.

Los doctores Marcel Montassut y Logre, dos de los más reputados especialistas en el tratamiento de la «depresión endógena», estaban de acuerdo en que la terapia más eficaz para curar a Francine era el *electroshock*. Un método drástico y controvertido que consistía en aplicar electrodos en la cabeza del paciente para inducir convulsiones. Una decisión difícil.

Los dos amigos llevaban un buen rato hablando sobre la infelicidad delante de una botella de coñac. Aunque ya había anochecido y el aire estaba fresco en la cocina, a Camus le brillaba en la cara una fina película de sudor. Hacía ya tiempo que se daba perfecta cuenta de que para Francine, desarrollar las rutinas más elementales de cada día suponía una tarea titánica: levantarse de la cama, comer, respirar, airear una habitación, dejar que entrase la luz... Era consciente de que se había pasado la mitad de su vida adulta defendiendo a una persona a costa del sacrificio de otra, pero no sabía exactamente si había sacrificado a la mujer que había defendido o había defendido a la mujer que había sacrificado. No sabía nada. Sólo que luchaba contra sí mismo y que tanto si decidía una cosa como si optaba por la contraria, llevaba las de perder.

Los médicos le explicaron que el tratamiento ahora se hacía bajo anestesia general para evitar los espasmos y que la paciente no recordaba nada. Le aplicaron la primera tanda en primavera.

René Char conocía bien las secretas circunvoluciones que atormentaban el alma de su amigo y hacía lo único que podía. Escuchar.

A Camus el sentimiento de culpa le provocaba claustrofobia. Tenía la costumbre de pasarse el dedo por dentro del cuello de la camisa al mismo tiempo que estiraba el mentón, ese gesto como de tener agarrotada la glotis. Se ahogaba y, en cuanto llegaba a casa y atravesaba la puerta de la calle, se arrancaba la corbata. A veces hubiera querido que su mujer le pidiese cualquier cosa dificilísima y agotadora, como cruzar a nado el canal de la Mancha, trabajar en una cantera acarreando piedras o cuidar a enfermos terminales... pero ella no le pedía nada.

La angustia lo estaba fustigando por dentro con dientes de sierra. Había empezado a trabajar en un nuevo manuscrito que trataba precisamente de eso. La deuda que tenemos hacia aquellos que cuentan con nosotros y a los que no somos capaces de ayudar, los que nos esperan en un lugar a donde pensábamos ir, pero la vida nos ha llevado hacia otra parte. Seres a los que estamos unidos por fidelidades indestructibles, pero separados por brechas infranqueables.

La idea del libro surgió durante un ciclo de conferencias por los Países Bajos: Róterdam, Ámsterdam y La Haya. En realidad, habían sido sólo tres días, pero encontró un paisaje desolado que se ajustaba como un guante a su ánimo más sombrío. Los barcos bajo los puentes a lo largo de los canales, la luz fría, el cielo encapotado, el temblor de los cuadros de Vermeer, *La joven de la perla*, que parecía girarse desde la oscuridad con su tocado de color lapislázuli al salir del Museo Mauritshuis un día de lluvia... *La caída* era probablemente su libro más personal, lleno de claves autobiográficas. La imposibilidad del protagonista de ayudar a una mujer en peligro suponía una metáfora demasiado evidente de su situación personal. Sin embargo, ante los demás, Camus mantenía que la novela no era en absoluto una confesión, no hablaba de sí mismo, sino sobre el espíritu confuso de aquella época. El protagonista es un hombre de corazón moderno, que no puede soportar que lo juzguen. Tampoco él podía soportarlo, sin embargo, se condenaba a sí mismo aún con mayor dureza de la que podía emplear cualquiera. Suzanne Agnely, su secretaria en Gallimard y guardia pretoriana, fue quien pasó a máquina la versión definitiva del texto en folios muy pulcros de papel satinado.

La primavera también ayudó. Al fin y al cabo, en primavera uno siempre espera que florezcan los almendros. Después de las primeras sesiones de *electroshock*, con muchos altibajos, y tras varias esperanzas frustradas, Francine empezó a mejorar. Camus, que durante aquellos días no se separó de su lado, al principio no se atrevía a creerlo. Pero el diagnóstico se fue confirmando poco a poco. Ella empezaba a sonreír, a preguntar por Catherine y Jean, sus hijos, a tararear alguna canción, a mostrar interés por lo que pasaba a su alrededor.

Los médicos decidieron que su estancia en la clínica ya no era conveniente y aconsejaron un periodo de convalecencia tranquila supervisada por una enfermera. Toda la familia se trasladó a una estación termal al pie del Jura, a pocos kilómetros del lago Lemán. El objetivo era hacerle a ella la vida agradable y lo cumplieron todos en gran medida. En cuanto aparecía un poco el sol, salían a pasear por el bosque comunal de Dreux mientras los gemelos jugaban. A veces, Camus pescaba en un río cubierto de traínas. Si llovía, se quedaban dentro agitando los dados sobre un tablero y jugando a la oca como cualquier familia feliz. A los niños les encantaban las representaciones teatrales improvisadas por su padre. Cuando eran más pequeños y apenas empezaban a hablar, Camus había ideado un teatrillo, mientras estaba escribiendo *La peste*, que les divertía mucho. Su padre preguntaba: «¿Quién es la peste?» y su hijo, Jean, respondía: «Es Cathie». Luego continuaba: «¿Quién es el cólera?», entonces era Catherine la que contestaba dando saltitos en pijama: «Es Jean». Y «¿Quién es la víctima?», preguntaba al final. En ese momento, los dos niños exclamaban a dúo entre risas: «¡Es papáaaaa!». Cuando crecieron un poco, a los críos les entusiasmaba también echar largas partidas al futbolín. Camus prefería escuchar música, Mahler sobre todo. Cuando podía, de madrugada, se encerraba a solas a escribir cartas a María para no volverse loco de atar.

Algún tiempo después, ya de vuelta en París, un día de principios de noviembre, Albert y Francine escucharon juntos desde la cocina, a través del minúsculo ventanillo de su transmisor de radio, la noticia de la invasión de Hungría.

A las tres de la madrugada del 4 de noviembre de 1956 tanques soviéticos entraron en Budapest en dos

ofensivas, una desde el sur y otra desde el norte, dividiendo la ciudad en dos y controlando todas las cabezas de puente. Poco después, los disparos de la artillería soviética se escucharon en toda la ciudad. La operación Torbellino se saldó con más de doscientos mil refugiados que tuvieron que huir del país, más de trece mil detenidos y trescientos cincuenta ejecutados.

Los escritores húngaros lanzaron una petición desesperada de socorro a las voces libres de Occidente. Camus recogió el guante. Todas las cabeceras internacionales reprodujeron sus palabras, en las que no sólo arremetía contra la invasión, sino directamente contra el ministro soviético de Relaciones Exteriores, Dmitri Shepílov, quien detentaba el control directo sobre la KGB. Otro enemigo más para añadir a la lista. Con nombre y apellidos.

Ni en los momentos personales más bajos, Camus abandonó la libertad de pensamiento que lo colocaba de nuevo contra las cuerdas. Habló con toda la autoridad moral de un antiguo combatiente de la Resistencia y con la indignación de un libertario que no aceptaba el totalitarismo, viniera de donde viniese. Remar contracorriente le minaba la salud y quizá le iba a costar la vida.

Caminaba por el bulevar Saint-Germain cuando empezó a asfixiarse. Tuvo que socorrerlo un transeúnte que le ayudó a parar un taxi. A duras penas consiguió darle la dirección de su médico y llegó justo a tiempo de recibir una inhalación de oxígeno.

Respirar.

En el terreno doméstico, se esforzaba todo lo que podía en retomar la vida en común. Iba a comer a casa todos los días, pero seguía viendo a María, pensando en ella cada hora, escribiéndole sin tregua, sobre todo cuando ella no estaba en París; en ocasiones lo hacía varias veces al día, como si sólo ese hilo de palabras pudiera mantenerlo a flote. Las cartas, en realidad, no explicaban nada, pero lo decían todo. Su vida dependía del servicio de correos. No llevaba cuenta de las horas. No sabía cuándo era temprano o tarde. Sólo existía la presencia y la ausencia. Esa manera de vivir escindido.

> «Me gusta la noche contigo, los sitios cerrados, las campiñas apartadas, los fines del mundo, pero contigo. (...) espero esos momentos en que el mundo se vacía, en que todo calla, y sólo existimos nosotros y esos caballos negros, ya sabes...».

Una vez que Francine se restableció por completo, decidieron de mutuo acuerdo vivir separados. Era lo mejor para todos. Ya que por más que él se esforzara, su presencia en casa sólo empeoraba la situación. Alquiló un pequeño apartamento a modo de despacho. Realmente le hacía falta una habitación propia. La encontró en la rue de Chanaleilles, muy cerca de donde vivía su amigo René Char, a diez minutos de Gallimard y de la calle Madame. Eso le permitía atender a todos los frentes, visitar a los niños a menudo, estar pendiente de los problemas domésticos. La madre de Francine y sus hermanas se habían trasladado a París para ayudar con los niños. Una casa llena de mujeres. Pero a todos los efectos él seguía siendo el padre de familia, y se las quería apañar para pasar al menos un mes al año con sus hijos durante las vacaciones de verano y organizar fines de semana juntos. Era un apartamento pequeño, de apenas 60 m^2, pero desde allí abarcaba todo el universo que le importaba. Era su isla. Torres de libros apiladas en el suelo, retratos de Tolstoi, Dostoievski y Nietzsche apoyados contra la pared. Se compró una plancha y un barreño para hacer la colada. No precisaba más.

Desde allí siguió dando la batalla por la causa húngara ante la opinión pública internacional. Una entrevista en el *New York Times*, una columna de opinión en el *Times*, un artículo en la revista *Demain* titulado «El socialismo de las horcas» y, sobre todo, el mitin pronunciado en la sala Wagram, publicado en el *Franc-Tireur*, en el que atacaba con dureza a Shepílov. El discurso que, según algunos, supuso su sentencia de muerte.

Había distintos motivos por los que la gente parecía dispuesta a matar o a morir a mediados del siglo XX. Las ideologías eran una de las razones más poderosas, porque implicaban tener el control. Por eso, los hombres eran capaces de descuartizarse vivos unos a otros. De hacerse picadillo. Por eso caían imperios, se derribaban estatuas, estallaban bombas y se encargaban asesinatos a tiro fijo.

Una geometría invisible conectaba todos los puntos de la madeja. Homicidios y secuestros de elementos considerados peligrosos por sus actividades antisoviéticas: Walter Linse, jefe de la Asociación de Juristas Libres, fue secuestrado en Berlín Occidental en julio de 1952 y llevado a la República Democrática Alemana en una operación coordinada por la KGB; Bohumil Laušman, checoslovaco expatriado, secuestrado en Viena en diciembre de 1953 por agentes checoslovacos con apoyo soviético; Alexander Trushnovich, secuestrado en abril de 1954 y reconducido a la Unión Soviética; Valeri Tremmel, secuestrado en Linz, Austria, en junio del mismo año, y también encarcelado en Moscú; Nikolái Jojlov, antiguo espía ruso que se pasó a Occidente, envenenado en Fráncfort en 1957, con talio, una sustancia radioactiva que lo redujo a la muerte en vida; Lisa Stein, periodista de la radio estadounidense de Berlín, intoxicada con un caramelo de escopolamina, que logró evitar el secuestro y contarlo de milagro; Lev Rebet, escritor y periodista ucraniano, asesinado con un espray de cianuro que le provocó un ataque cardíaco y parálisis cerebral en menos de dos minutos, sin dejar rastro.

Los laboratorios rusos trabajaban sin descanso para descubrir y perfeccionar venenos sofisticados que permitieran liquidar rápidamente a los objetivos sin que pudieran ser detectados en caso de autopsia.

Un ataque cardíaco, una parálisis cerebral.

Otra forma de no dejar indicios era simular un accidente de tráfico, como el que sufriría el secretario del Partido Comunista Italiano, Enrico Berlinguer, en 1973. Lo embistió un camión que perdió el control, pero del chófer que provocó el siniestro nunca más se supo. ¿Cuántos atropellos, percances, colisiones catastróficas habrán sido el resultado de operaciones encubiertas? Había accidentes así, inexplicables, en una recta, por ejemplo, en una carretera de nueve metros de ancho, con muy poco tránsito, a plena luz del día. Las geometrías del azar, tan leves, tan ligeras...

—Hungría representa hoy lo que representó España hace veinte años —le dijo Camus a María. Estaban paseando por los jardines de Luxemburgo. A veces, cuando podían pasar la noche juntos, él preparaba el desayuno temprano y después salían a caminar al aire fresco. Olía a mañana tibia con un vago aroma a bosque y a seto recién regado. A él le gustaba aquel lugar. Le parecía que respiraba mejor.

Ella se quedó en silencio, escuchando el crujido de las hojas bajo unas pisadas que se alejaban por el sendero. Hablar de su país siempre la ponía melancólica. A lo lejos, sonó un trueno y la brisa trajo el olor de la lluvia que se avecinaba con un vago olor a humus. De nuevo, volvieron a oír un crujido rápido de pasos por el sendero que separaba el pasillo lateral boscoso de la parte central del jardín francés a la altura de la estatua de Verlaine. María volvió la cabeza, pero no vio a nadie.

—Ten cuidado, Albert —le dijo.

19

If you want to say goodbye, be quick.
Si quieres despedirte, date prisa.

Es increíble la fe que somos capaces de depositar en momentos de zozobra en los números de teléfonos desconocidos. No pregunté nada, no pensé nada, no dije nada. Me limité a anotar en un papel las señas que me daba aquella voz de mujer con acento entre austríaco y balcánico y a obedecer. Me convertí en un robot que cumplía órdenes con una eficacia asombrosa.

Tomé el primer vuelo de la compañía Lufthansa Valencia-Sarajevo con escala en Fráncfort. Con el asiento vacío a mi lado, se me hizo más fácil abstraerme y aceptar lo extraño de la situación. Recuerdo que pensé que algunas de las cosas más hermosas que había visto en la vida habían sido desde el aire, como si aquel fuese un viaje contemplativo. La forma que tienen de alargarse los países hacia el este, el mar Adriático que separa Italia de los Balcanes de color azul cobalto por la mañana, los Alpes Dináricos, esas montañas jóvenes y misteriosas camufladas imperceptiblemente entre nubes. El destello del sol rebotando en el ala metálica del avión.

Desde el mismo momento en que llegué al aeropuerto de Sarajevo, mis movimientos se hicieron más lentos, como si empezará a darme verdadera cuenta de la razón que me había llevado hasta allí. De repente, me daba miedo perder el equilibrio al bajar las escaleras mecánicas, trastabillar al doblar la esquina en el control de equipajes, tropezar al abrir o cerrar la portezuela del taxi.

Era un día azul de junio todo alrededor. La ciudad tenía un aire de universo en expansión, con casas bajas y torres de pisos. Desde cualquier lugar podía verse el gran minarete de la mezquita. Pasamos por delante de una fuente con forma de quiosco, rodeada de palomas, y por calles adoquinadas, llenas de tiendas y restaurantes con taburetes bajos donde la gente parecía charlar animadamente, como si allí no hubiera pasado nada. Como si no hubiera habido francotiradores disparando a la cola del pan, ni limpieza étnica, ni civiles caminando con los brazos en alto por el arcén de una carretera, el cielo gris, las casas ardiendo... A primera vista, apenas se percibían las huellas de la guerra, salvo por los rastros de metralla en algunos edificios y por la gran cantidad de cementerios que vi antes de adentrarme en la ciudad, extensiones inmensas de lápidas blancas a un lado y al otro de la carretera, con su silencio y su sorda hegemonía.

En la rampa de entrada del Hospital General Abdulah Nakaš estaba esperándome ella, tal como me había dicho. Una mujer de palabra. Parecerá extraño, pero la reconocí por la voz. Quiero decir que cuando habló conmigo por teléfono, yo imaginé un rostro de belleza prerrafaelita, como las mujeres que pintaba Dante Gabriel Rossetti. Una combinación inusual de rasgos únicos. Pelo rizado, piel muy blanca, ojos circasianos bajo unas cejas oscuras, perfectas, muy pobladas. Ese exotismo de las mezclas étnicas que se da a veces entre las mujeres del este de Europa. No sólo era muy guapa, sino que, sobre todo, tenía una forma diferente de ser guapa. Llevaba un vestido estampado de algodón suave con unos minúsculos pececitos blancos. Se presentó como la mujer de W, aunque no hubiera hecho falta. Desde el mismo momento en que la vi supe que sólo podía ser ella.

Me saludó con una pequeña inclinación de cabeza y me acompañó en silencio, caminando delante de mí hasta la puerta de la habitación: la 352, en la tercera planta. Me miró con un cansancio indulgente, con una sabiduría muy antigua llena de compasión o de algo parecido, algo que no es fácil de explicar con palabras y que sólo puede comprenderse cuando uno ha sido mirado así alguna vez. Después me dejó sola y se volvió por el pasillo.

W yacía tendido bocarriba, con el brazo conectado a un gotero, demacrado. Llevaba un camisón hospitalario de color verde. Detrás, a su derecha, había una máquina que sonaba con un pitido apagado y regular. Me pareció que tenía la piel amarilla, como una máscara de arcilla, y los labios resecos. Hacía demasiado calor allí dentro. Alguien le había retirado la sábana, que estaba recogida sobre la barandilla de la cama. Con los ojos cerrados, tenía una expresión de vulnerabilidad extrema, de finitud.

Me fijé que las ondas cerebrales del monitor mostraban una actividad regular. Al cabo de un rato abrió los ojos y desde la cama, me dirigió una mirada incrédula, como si yo fuera una aparición.

Le apreté el dedo gordo del pie a modo de saludo. Esbozó media sonrisa torcida.

—¿Cómo te encuentras? —le susurré, acercándome a la cabecera.

—Sin muchas fuerzas para hablar.

—No hace ninguna falta hablar. Me sentaré aquí ¿vale?

Retiré una silla, colgué mi mochila en el respaldo y me senté. Durante mucho rato estuvimos así, envueltos en un silencio respetuoso, conservando la calma. Yo lo oía respirar siguiendo la evolución de las ondas electromagnéticas en la pantalla. Él seguía más o menos despierto, aunque a ratos cerraba los ojos.

En un momento dado, guiñó muy fuerte los párpados, como si hubiera recibido un latigazo. Toqué el timbre y vino una enfermera a reponerle el gotero. Poco después, entró un médico de mediana edad a dar el parte diario, un tipo alto, de cara anodina, con entradas. El doctor Marković, o puede que fuera Petrović, no recuerdo bien. Traía un fajo de papeles de aspecto críptico que debía de corresponder al historial clínico de W. No hacían falta tantas ecografías y resonancias. Bastaba con ver al paciente para darse cuenta de que tenía mal pronóstico. El médico hablaba un inglés pulcrísimo, casi sin acento. Se me había olvidado que en los Balcanes casi todo el mundo es políglota. No presté demasiada atención a los detalles, pero empecé a verle sentido a todo: la ictericia, el color del pergamino, la inflamación del páncreas como resultado quizá de una lesión en el abdomen mal curada, la insuficiencia renal aguda. Su presión sanguínea estaba cayendo en picado, por lo que existía el peligro de que en cualquier momento pudiera entrar en choque séptico. Pero yo seguía sin tener idea de qué le sucedió, ni de por qué sucedió, ni siquiera de cómo sucedió exactamente. ¿Cómo era posible que un hombre joven y fuerte sin patologías previas enfermara hasta tal punto en cuestión de meses? ¿Cómo era posible que un organismo a pleno rendimiento no fuera capaz de responder a la medicación? ¿Cómo se puede convertir una infección localizada en un choque séptico? Nadie se lo explicaba.

Lo único que yo sabía era que todo guardaba de algún modo relación con lo que había pasado un día de finales de octubre en la playa de la Barceloneta. No lo sabía con mi mente racional, por supuesto, sino por la vía del presentimiento que es el espacio en el que se mueve la imaginación y las corazonadas. La última vez que nos vimos habíamos compartido una ensalada y unos canelones en una terraza del Raval con sillas blancas de plástico. Habíamos hablado de *Before the rain*, la película de Milcho Manchevski sobre las guerras yugoslavas. W había participado como extra en las escenas rodadas en el monasterio macedonio de Treskavec cuando tenía dieciocho años. Se rapó el pelo al cero para hacer de monje. Hablamos de eso, de Manchevski subido en una cámara móvil con un anorak azul y zapatillas deportivas, de que le hubiera gustado dedicarse al cine o al teatro, de que en la universidad había participado en algunas obras *amateur*. Todo parecía estar bien. Era un día normal y corriente, un día entre semana, con esa luz única y translúcida que marca el comienzo del otoño en Barcelona.

«Normal y corriente»: esa es la expresión que suele utilizar la gente para referirse a cualquier catástrofe repentina e impensable. «Era un martes normal y corriente», decían los testigos cuando los periodistas les preguntaban por la mañana del 11 de septiembre de 2001 en Nueva York, cuando los dos aviones de American Airlines y de United Airlines fueron estrellados contra las Torres Gemelas.

Normal y corriente, una expresión para echarse a temblar.

Lo que ocurrió al final de aquel día, y no me refiero sólo al ataque en la playa, sino a las semanas y los meses que vinieron después, se llevó por delante cualquier idea que yo pudiera tener sobre el azar, la probabilidad, el amor y la vida tal como la concebía hasta entonces. Había rebobinado los recuerdos de esa jornada miles de veces, siguiendo toda la secuencia temporal como si tuviera instalada en el cerebro una sala de montaje digital que me permitiera ir fotograma a fotograma, las variantes de expresión, los gestos de sorpresa, el parpadeo rápido que hizo W al doblar una esquina, antes de ponerse las gafas de sol. Me pareció que se había girado un poco para mirar por encima de mi hombro. ¿Podría ser? ¿Realmente podría ser que algo lo hubiera alertado? Un mínimo detalle, un movimiento insignificante que pudiera introducir una conspiración en el destino. Podría ser, claro que podría ser. La vida está llena de pequeños accidentes imprevisibles, que pueden acabar resultando fatales y que muchas veces ocurren, como todos sabemos. Pero yo no me había dado cuenta. No me había fijado lo suficiente.

Todo se había torcido a partir de ahí, lo que demostraba lo superficial que era la cordura, la lógica, la vida en sí misma. Fue como si a partir de entonces entrara a computar otra dimensión de la realidad. Cambiamos de planeta de un día para otro.

Puede que desde ese día, W en algún momento tuviera conciencia de que se le acababa el tiempo para hacer lo que quiera que tuviera que hacer. Fuera lo que fuese. Eso explicaría su presencia en las reuniones preparatorias a la clausura del Tribunal Penal Internacional para la antigua Yugoslavia.

Al principio de una guerra parece muy fácil identificar al malo de la película. Siempre hay un agredido y un agresor. Pero a medida que el tiempo se prolonga, a la gente se le va pudriendo la sangre y en todos los bandos, el que más y el que menos acaba teniendo cosas que ocultar.

Ciento sesenta y un acusados, ciento cincuenta y cuatro procesos, ochenta y tres sentencias y diecinueve absoluciones. En Bosnia quedaba lo más difícil siempre después de una guerra: la reconciliación de unas comunidades todavía antagónicas.

Los secretos.

Estar en aquella habitación de hospital era como permanecer en un sumergible de la Segunda Guerra Mundial. Perdí la noción del tiempo. La máquina a la que W estaba conectado, con destellos luminosos, parecía el panel de control de un submarino en estado de alerta, los acabados cromados brillando, pero un poco decrépitos, la gravedad del aire, su lentitud... Se oía un zumbido de fondo que me hacía pensar en el movimiento de las corrientes marinas que iban inundando los distintos compartimentos de la nave. Casi podía sentir el sónar de inmersión, esa soledad profunda de las simas oceánicas. El universo detenido en ese instante feroz. Y justo en ese momento, W abrió los ojos y me miró. Fue apenas un segundo. Pero en ese instante perfectamente cronometrado, esbozó una sonrisa. No fue la sonrisa quebrada de un guerrero al final de la batalla, sino una sonrisa simpática y fresca, como la que le vi la primera vez cuando lo conocí en el Valle de Arán. Una sonrisa cómplice, joven, como la de un adolescente al que sientes deseos de acercarte, sabiendo que será un buen compañero de aventuras; y con su voz de antes, perfectamente limpia, sin rastro de la enfermedad, me habló. Y lo que me dijo, sorprendentemente, fue:

«Vamos a ver ciervos».

Supongo que sus conexiones neuronales empezaban a debilitarse, pero su manejo de la sintaxis en español seguía siendo impecable. Aquella frase no sólo tenía todo el sentido para mí, sino que además contenía belleza, una belleza trémula y quizá equivocada. A veces, cuando la niebla no nos deja distinguir la línea blanca de la carretera, pensamos que nos faltan datos, información, que necesitamos más explicaciones, sin darnos cuenta de que hay otras maneras de orientarse en la oscuridad. La belleza es una de esas maneras. Tan frágil, excitante y fugaz. No había nadie más en la habitación que pudiera oírlo. Ningún testigo. Pero él me lo dijo.

La luz tamizada que entraba por la ventana empezó a declinar. La vista desde la tercera planta abarcaba los tejados con antenas parabólicas. Me acerqué a los cristales y me quedé allí de pie mirando los cipreses del jardín trasero del hospital, un pájaro raro saltando entre las ramas, una grúa de construcción a lo lejos, una fachada *art déco* de color ocre al lado de un edificio feo de cemento, las dos torres de los rascacielos Samsung y Sberbank, cuyos letreros luminosos acababan de encenderse, y el horizonte de una de las muchas colinas que rodean la ciudad de Sarajevo al fondo.

El horario oficial de visitas debía de estar a punto de finalizar.

Las habitaciones de hospital son tan desangeladas que pasar la noche en ellas es peor que dormir a la intemperie. Le estaban poniendo neo sinefrina para mantener la presión. Le estaban administrando de forma masiva azitromicina, gentamicina y clindamicina por vía intravenosa, para evitar que la infección se extendiera a la sangre. Lo estaban masacrando.

Habría dado cualquier cosa por poder llevármelo fuera de allí, y verlo dormir bajo las estrellas. No le tengo especial miedo a la muerte. Aunque me preocupa bastante la forma de morir. No sé por qué los seres humanos, a pesar de que la vida se encarga de desmentirlo cada día, tenemos esa tendencia ilusa a esperar finales felices. La ciencia nos enseña que morir, lo que se dice morir, no lleva menos de cincuenta o sesenta segundos, ni siquiera en el caso más fulminante de un infarto masivo o de un disparo a bocajarro que te deje seco en el asfalto. La muerte real nunca dura menos de un minuto de reloj. Y ese minuto lo es todo.

Cuando me llegue el momento, me gustaría que alguien me trasladase a una tienda de campaña en medio del monte, con un saco de dormir al aire libre y me acompañase un rato, mirando el firmamento al alcance de la mano y señalando las constelaciones con el dedo, como él había señalado el cáliz de ónix en los frescos del techo de San Isidoro de León. Esa sería una forma razonablemente aceptable, incluso tolerable, de pasar el trago. Pero se trataba de un hombre al que no conocía lo suficiente para cobijarlo bajo mi manto mágico, en el caso de que las escritoras tuviéramos un manto mágico como las hadas madrinas, por el resto de mi vida.

Cuando volví a la mañana siguiente, W ya estaba en coma inducido. Habían conseguido regular la presión sanguínea, pero todo el oxígeno que entraba en su cuerpo lo hacía a través del respirador. Ya no era capaz de respirar por sí mismo. La mujer de W estaba sentada en la misma silla que yo había ocupado el día anterior. Serena y quieta. Tú ahí, yo aquí, pensé, igual que debió de pensar María Casares la primera vez que se encontró con Francine, frente a frente, en un estreno. Me pregunté por la clase de infiernos que debía de haber pasado. En las guerras las mujeres siempre son las que se llevan la peor parte. ¿Habría sufrido el acoso de las milicias serbias? ¿Habría perdido a su familia?, ¿habría sido detenida, amenazada, perseguida por su condición étnica o política o religiosa...? ¿Habría conocido a W antes del conflicto o más tarde, en la posguerra, tal vez en la universidad? ¿Le habría contado él la verdadera naturaleza de su relación conmigo desde el principio? Probablemente no. Si no, no se habría andado con tantas precauciones. Supuse que ella no debía de estar todo el tiempo con él en Barcelona. A lo mejor se veía obligada a viajar con frecuencia a su país, quizá para cuidar a algún familiar, y debía de ser entonces cuando W se las arreglaba para vernos.

Recuerdo que me acerqué por detrás y le puse una mano en el hombro lo más delicadamente que pude durante apenas un instante. Cuando ya iba a retirarla, ella, sin cambiar de postura ni girar la cabeza ni pronunciar media palabra, me la retuvo, poniendo su mano derecha sobre la mía, y permaneció así un rato. Dos segundos, tres, cuatro, cinco, seis, siete... Mundos que se tocan. Fue sólo eso. Un gesto entre mujeres que saben estar solas. Nada más.

Cuando salí de la habitación, cerré la puerta muy despacio.

Recuerdo que pensé que aquella mujer era como una roca o una montaña. Ni firme, ni resistente, ni valiente, ni mejor ni peor. Simplemente era lo que era hasta la médula.

Pero quizá eso no lo pensé entonces, sino después cuando el último círculo estaba ya a punto de cerrarse.

20

María creyó que habían llegado al paraíso: Cordes-sur-Ciel, uno de los pueblos más bonitos de Occitania, encaramado en una roca en la región del Midi, cerca de las nubes. Calles empedradas, la capillita de Saint-Jacques, las ventanas góticas con sus leyendas, los Pirineos azules al atardecer. Se hartaron de comer *foie*. María estaba de un humor excelente, bromeando todo el tiempo, robando fruta en los huertos al pie de la carretera. Los horizontes nuevos le abrían el apetito. Se sentaron en el exterior de una tasca a tomar pan con queso *brie*. El tabernero les explicó el proceso de elaboración del queso a lo largo de ocho semanas de maduración en esterillas de paja. Ella cerró los ojos para poder paladearlo mejor.

—Está bueno, ¿eh? —Sonrió Albert. Le encantaba verla comer con hambre canina.

—Buenísimo... Sabe a champiñones o algo así, ¿no?

Fue un momento insignificante, una casi nada que, sin embargo, lo representaba todo para María. Allí experimentó una especie de revelación. Como si todos los elementos confluyeran al mismo tiempo. La ráfaga de brisa de los montes lejanos, el placer de estar lejos de París los dos juntos, la textura untuosa del queso de color mantequilla, casi líquido sobre una rebanada de pan de pueblo, el efecto del vino, los sabores primarios, la terraza orientada al suroeste, el cielo crepuscular y amarillo sin una sola nube. Todo se mezcló súbitamente de forma que, mucho tiempo después, si alguien le preguntara cuál fue su momento de felicidad absoluta y desnuda, escogería sin dudarlo ese preciso instante. La idea de haber sido feliz a toro pasado era una constante también del pensamiento de Camus. Compartían ese sentido de lo efímero. La tranquila belleza de aquella tarde de finales de agosto de 1957 unida a la sensación inaprensible de que se les estaba acabando el tiempo.

Fue una tregua antes de que ella empezara una gira de varios meses por Sudamérica con el Théâtre National Populaire (TNP). Pocos días después, desde la pasarela del aeropuerto de Orly, de pie, con una gabardina blanca y los guantes en la mano, hizo un gesto de despedida que la prensa recogió en una foto. La barbilla afilada, la sonrisa un poco crispada, el corazón encogido. Adiós al queso *brie*.

La gira al otro lado del océano fue, en realidad, un viaje de vuelta a su país natal. Más de cien mil gallegos la esperaban a su llegada a Buenos Aires con cestas de claveles blancos y rojos, niñas vestidas con el traje regional y niños gaiteros. Una marea humana, más que la población de toda Galicia. El Teatro Cervantes y el Teatro Colón se vinieron abajo con los aplausos. El resto de los actores se retiró de escena oportunamente para que María recibiera sola el homenaje del público, y ella, que se las daba de mujer entera, no pudo contener la emoción. No sabía qué le estaba pasando; era algo que le venía de muy atrás, de una parte desconocida de sí misma. Nunca se había sentido tan exiliada. Estaba aturdida, como si hubiera ocurrido algo inexplicable o hubiese descubierto de repente una característica nueva de su personalidad. Tenía más ataduras a las raíces de lo que ella pensaba. Echaba de menos a Albert. Le ocurría siempre en lugares lejanos, en países extranjeros. Él que era el extranjero por excelencia.

Santos, Montevideo, Buenos Aires, Santiago de Chile, Lima... María notaba cuando recibía las cartas de Camus que una amenaza imprecisa los rondaba. Una cosa más grande que ellos, inabarcable, más poderosa. Sabía que algo iba a ocurrir. Estaba segura. *Meiga* de una larga estirpe de mujeres adivinas. Pero aun así la noticia la cogió por sorpresa.

El 16 de octubre, en Lima, mientras desayunaba en un café de la plaza de Armas, se enteró de que a Camus le habían concedido el Premio Nobel de Literatura. Dio un salto de alegría en la silla y al mismo tiempo estuvo a punto de desmayarse. Sintió pánico e ilusión. Pánico y orgullo, un orgullo desmedido. O sea, pánico puro y duro. Lo primero que hizo fue dirigirse a la central de correos.

«Cuando recibí tu telegrama estábamos a diez bajo cero —le contestó él—. Y, de golpe, ¡el trópico!».

Ahora sabía que era eso exactamente lo que más temía: la gloria. Esa cosa más grande que ellos, una roca dura y apabullante, difícil de llevar a cuestas, que podía aplastarlos literalmente. Los compromisos, la fama, el reconocimiento internacional, la vida pública... La vorágine. Hasta ahora habían conseguido salvar todos los obstáculos que podían separarlos. Pero esta vez no estaba segura de poder lograrlo.

Cuando acabó la gira, de regresó a París, en el palomar de la rue Vaugirard, la estaba esperando un ramo de flores y la tarjeta de Camus con el dibujo de un sol radiante. Las nubes se disiparon de momento.

Pero la máquina ya se había puesto en funcionamiento. La ceremonia de entrega del premio estaba convocada para el 10 de diciembre en Estocolmo. Camus acudió con frac y corbata blanca. Le había regalado a Francine para la ocasión un vestido largo de Balmain con escote de palabra de honor y una estola blanca de piel. Ella estaba radiante con un pequeño camafeo al cuello y unos pendientes a juego que le habían prestado. A él le pareció justo que fuera Francine quien le acompañase, una mínima recompensa por los daños causados. Iban con ellos los

Gallimard, inseparables, su editora americana, Blanche Knopf, con las uñas pintadas de verde que causaron asombro, y su traductor sueco. La ceremonia tuvo lugar en la gran Sala de Conciertos, siguiendo un estricto ritual. Por un momento cundió el pánico, porque el texto de su intervención que había mantenido en secreto no aparecía por ningún lado. Finalmente lo encontraron. Camus se sentía inquieto, empezó a mostrarse azorado, como violento por una desnudez no revelada antes. A continuación, todo el mundo se desplazó al ayuntamiento donde debía pronunciar su discurso para inaugurar el baile de gala.

Fue entonces cuando su mente volvió a Argel, a la casa donde se había criado en el 93 de la calle Lyon, en Belcourt, el barrio de los trabajadores portuarios, de los pequeños artesanos y comerciantes y de la población musulmana, que ahora se había convertido en un polvorín. Pensó en su madre, en su maestro de la escuela municipal. Se vio tal como había sido, un niño enclenque que hacía recados, que iba a por agua a la fuente con un caldero de madera. En su casa no había libros, ni periódicos. Ni siquiera disponía de una mesa para hacer los deberes. En comparación, la escuela con una pequeña biblioteca le parecía un paraíso. Fue allí donde se produjo el milagro.

Se acordaba perfectamente del momento, quizá el más decisivo de su vida, antes de cumplir diez años. Esa era la edad a la que se realizaba el examen de ingreso al instituto. Como huérfano de guerra, Camus tenía derecho a recibir una beca de estudios. Pero era necesario el consentimiento de las familias y en su casa eran demasiado pobres como para permitírselo. Su madre nunca hablaba demasiado, trabajaba limpiando casas, era una mujer menuda y reservada, no sabía leer, apenas oía. Era la abuela, menorquina de armas tomar, quien tomaba las decisiones, y ella consideraba que el niño había llegado a la edad de trabajar como uno más en la familia. De hecho, ya lo hacía. Durante los meses de verano, Albert ganaba su pequeño jornal en la tonelería y en la fábrica de cerámica del bulevar Thiers.

Su maestro entendió la situación y una tarde, al salir de clase, lo acompañó a casa. Camus no imaginaba el motivo de la visita y caminaba a regañadientes. No le gustaba demasiado que otros vieran cómo vivía. Tampoco el maestro pensaba que fuera tanta la precariedad, ya que el niño llegaba a clase aseado y calzado. No sabía que la ropa era siempre la misma arreglada cada año para adaptarla a los sucesivos estirones. Aun así, no desistió de su objetivo. Estaba empeñado en que su mejor alumno fuera al instituto y, de alguna manera, encontró las palabras justas. La abuela no estaba muy convencida, pero aquella vez la madre de Albert no se quedó callada. Se levantó despacio de la banqueta en la que estaba sentada, alisándose las arrugas del delantal, y con una voz gastada pero firme, dijo lo que tenía que decir.

Por las ventanas abiertas del aula en el instituto llegaban los sonidos de la vida, las calderas ferroviarias, los martillazos de los carpinteros, las llamadas de los vendedores en el mercado... Todo aquel mundo se había convertido en el escenario de la contienda.

En el salón de actos, con alfombra rosa y flores alrededor del estrado, Camus carraspeó un par de veces antes de empezar. El discurso de agradecimiento del Premio Nobel se lo dedicó «Al señor Louis Germain», su maestro de Primaria en Argel. El motivo se lo había contado antes, cuando recibió la comunicación del premio, en una carta personal de su puño y letra que fue publicada en los principales periódicos del mundo.

19 de noviembre de 1957

Querido señor Germain:

Esperé a que se apagara un poco el ruido que me ha rodeado todos estos días para hablarle de todo corazón. He recibido un honor demasiado grande, que no he buscado ni pedido. Pero cuando supe la noticia, pensé primero en mi madre y después en usted. Sin usted, sin la mano afectuosa que tendió al niño pobre que era yo, sin su enseñanza y su ejemplo, no hubiese sucedido nada de todo esto. No es que dé demasiada importancia a un honor de este tipo. Pero ofrece por lo menos la oportunidad de decirle lo que usted ha sido y sigue siendo para mí, y de corroborarle que sus esfuerzos, su trabajo y el corazón generoso que usted puso en ello continúan siempre vivos en uno de sus escolares, que, pese a los años, no ha dejado de ser su alumno agradecido.

Lo abrazo con todas mis fuerzas

Albert Camus

Durante los días siguientes a la ceremonia, Camus no se encontraba demasiado bien. Apenas tuvo un par de horas para visitar la ciudad y comprar algunos regalos. Unas pequeñas botitas blancas *skridskor* de patinaje sobre hielo para los niños, que se habían quedado en París al cuidado de las hermanas de Francine. El programa le resultaba agotador. Saltaba de una conferencia a una entrevista, de una lectura pública a una reunión, de una presentación a una cena de gala.

María tenía razón. La gloria era eso. *Una cosa más grande que ellos, una roca dura, difícil de llevar a cuestas.*

El 13 de diciembre, día de Santa Lucía, siguiendo la tradición, unas jovencitas en camisón y con coronas de velas en la cabeza le llevaron el desayuno a la cama, tal como se hace en las familias suecas.

Desde la *suite* del Gran Hôtel Stockholm, enfrente del Castillo Real, Albert le escribió a María:

«Por la noche, la ciudad es rosa y blanca en la oscuridad. Hasta el martes. Te beso como para derretir toda la nieve de Suecia».

Nunca la había echado tanto de menos.

21

Algunas veces, delante del ordenador, me daban ganas de tirarlo todo por la borda. Mandar lo que estaba escribiendo al cubo de la papelera. Tenía los lápices y los rotuladores de colores apretujados dentro de un tazón de Mafalda con la frase: «Si vas a tirar la toalla, que sea en la playa». Lo miraba de reojo. Me levantaba, iba a la nevera a por una Coca-Cola, me preparaba un sándwich de jamón york y queso y volvía a la pantalla. El primer día, salvo tres breves interrupciones para preparar café y comer galletas de avena, podríamos decir que me pasé sentada delante del ordenador desde las doce del mediodía hasta la una de la madrugada, un total de trece horas tecleando. Después me dolían tanto los huesos metacarpianos que tuve que vendarme las manos como un boxeador. Supongo que estaba pensando a qué distancia quería vivir de mis recuerdos. Resulta más fácil guardar las distancias con los vivos que con los muertos.

Un día, por ejemplo, me vino a la cabeza de repente, como por arte de magia, el plato tradicional de la Navidad ortodoxa, la *kutia*. Se prepara con granos de trigo integral y amapola, nueces y miel. No recordaba que W hubiera mencionado en ninguna conversación esa comida. Sin embargo, yo sabía perfectamente la receta de su elaboración. ¿De dónde me había llegado ese conocimiento? Ni idea. Puede ser que a veces los muertos nos empujen como un soplo de viento en la nuca con una fuerza silenciosa, aunque hay otras, en que por delante y por detrás sólo hay oscuridad. Precipicios de dragones.

Los dragones a veces adoptaban la forma de incógnitas. ¿Cómo era posible que lo que había parecido un simple malestar de estómago, pasajero, aunque lo bastante severo como para hacerlo ir a urgencias por la mañana, se hubiera agravado espectacularmente en el plazo de apenas una semana hasta convertirse en una pancreatitis irreversible y en un choque séptico? Para cuando W se dio cuenta de que no se encontraba del todo bien, ya se estaba muriendo.

Choque séptico.

Esa era la palabra definitiva. La causa de la muerte.

El monte Zelengora está situado en el parque nacional Sutjeska. Su nombre significa montaña verde. Es la cadena montañosa más importante de Bosnia-Herzegovina. Cubre un área aproximada de ciento cincuenta kilómetros cuadrados. Se encuentra flanqueada por los ríos Drina al este, Sutjeska al sudeste y Neretva al oeste. Uno de sus mayores tesoros naturales son ocho lagos glaciales conocidos como «Los ojos de la montaña». Bosques vírgenes y praderas de hierba tierna de la que se nutre una fauna autóctona de gamuzas y rebecos. También hay águilas y lobos y es uno de los últimos hábitats en Europa del oso pardo. Allí fue donde W quiso que lo enterraran. En el cementerio de la pequeña aldea de Varizi, en la región de Foča, cerca de la frontera con Montenegro, donde sus abuelos tenían una granja y donde él pasaba con sus hermanos y sus primos los fabulosos veranos de la infancia hasta el comienzo del curso escolar y también las vacaciones de Navidad. La larga Navidad ortodoxa. El cielo blanco y pesado, y, en medio del silencio, de pronto, la nieve. Por la noche, incluso bien entrada la madrugada, había luz en las montañas de color gris claro y se podían diferenciar perfectamente los árboles, uno por uno, en la espesura.

Cuando los campesinos quemaban rastrojos, las hogueras humeaban con olor a plantas medicinales y ese aroma se extendía por todo el bosque. Se metía entre los arbustos y llegaba a la ventana de la habitación donde dormían los niños. El olor del romero y del ajenjo, de las ortigas y los dientes de león... Podía entender muy bien por qué W había escogido ese lugar. Lo veía con ocho años, un niño guapo con flequillo y guantes y anorak, yendo con sus primos a recoger piñas para la hoguera, en el frío de enero, cerca ya del final de las vacaciones escolares de Navidad antes de la vuelta al colegio y a la odiosa rutina de la ciudad, con sus horarios de autobuses y semáforos, de la vida reglamentada de Sarajevo. Pero todavía no se habían acabado las vacaciones. Aún le quedaban unos pocos días de libertad para adentrarse en los bosques inexplorados de los cuentos donde acontece la magia, y volver por el camino a los lagos —*jezero* los llamaba él— cubiertos por una capa finísima de hielo. El paisaje encantado de su niñez. Todavía era libre y se le notaba esa felicidad en los ojos castaños muy abiertos de niño despierto que tenía en la foto, con el cuello del anorak rojo subido y las manoplas azules y la nariz colorada por el frío.

W y sus primos y las risas, y el capazo de esparto con las piñas, y la rama de un abeto combada por la nieve y las manoplas azules, todo sigue igual allí, en la imagen, para siempre. Lejos de los odios del mundo.

Recibí la fotografía en un paquete que llegó por correo DHL Exprés a mi dirección de Valencia, un sábado por la mañana, junto a un saquito pequeño de yute con un poco de tierra de esa montaña y un poco de la infancia de W allí guardada. Él quiso que yo tuviera ese recuerdo.

¿Acaso lo decidió en la habitación del Hospital Abdulah Nakaš con vistas a los tejados del casco viejo de Sarajevo y a una de las colinas que rodean la ciudad?

¿O ya lo había pensado meses antes, cuando me llamó por teléfono para decirme que cuanto menos contacto tuviéramos, mejor? ¿Mejor para quién? ¿Para él? ¿Para mí?

Cortar por lo sano, había dicho.

Las palabras que usamos para proteger a las personas que amamos, aunque ellas no quieran en absoluto ser protegidas. Los recursos que utilizamos para mantener a nuestros seres queridos alejados del peligro, aunque ellos prefieran correr el riesgo cualquiera que sea. W nunca fue partidario de dar explicaciones. A veces llegué a odiarlo por eso, cuando se quedaba inmóvil en silencio con las manos en los bolsillos y cara de póquer, como esos jugadores de cartas que no sueltan prenda, sabiendo que todo está ya dicho desde los griegos.

¿O quizá lo había decidido en la primavera de 2017, durante las reuniones previas a la clausura del Tribunal Penal Internacional para la antigua Yugoslavia, que yo había visto en el enlace de Facebook que me envió mi agente? Cuando la jefa de comunicación del Tribunal, Nerma Jelacic, dijo que la verdad estaba en los archivos del tribunal y era preciso el apoyo internacional para que se pudieran consultar en la propia región y la gente supiera lo que pasó.

¿Acaso debía indagar yo en esos archivos para atar los cabos sueltos, para saber lo que ocurrió en la pequeña aldea de Varizi hacía más de veinte años? Un lugar entre montañas donde todo el mundo sabía quién era quién, donde cada familia contaba con un abuelo degollado, un hermano muerto en las trincheras, una hija violada camino del matadero..., donde los pleitos se trasmitían de padres a hijos y se dejaban en herencia de generación en generación, igual que se dejaban las tierras o un ajuar bordado a mano. ¿Cómo se viviría una guerra por dentro en un lugar así? Los bandos enfrentados, los graneros ardiendo, las ovejas huyendo espantadas.

«Estuve implicado en algo. Bueno, yo no, pero estuvieron implicadas personas muy cercanas a mí, personas de mi familia».

Según la Corte penal de la Haya, al principio de la guerra, cuando los serbios invadieron la región de Foča, se denunciaron numerosas violaciones de chicas bosnias muy jóvenes en escuelas. Los hombres del pueblo se organizaron para tomar la venganza contra los agresores. Cuando dieron con ellos, los decapitaron y sus restos aparecieron al fondo de una quebrada que bajaba hasta el bosque donde la carretera de Varizi hacía una curva. No sería extraño pensar que los hermanos mayores de W hubieran participado en aquella batida. Cinco cadáveres maniatados, sin cabeza, uno detrás de otro. Esos muertos también tenían familia, madres, hermanos, primos... que a su vez buscarían la revancha antes o después. El resto no era difícil de imaginar...

Supuse que quizá W había tenido que abandonar su país para huir de las amenazas de los nacionalistas serbios, creyendo que así había logrado sortear el destino, sin saber que la muerte lo estaba esperando a dos mil kilómetros en la playa de la Barceloneta para darle la primera estocada y cobrarse luego su pieza, igual que en el viejo relato sufí *Muerte en Samarra*. Qué peligrosos eran los legados.

«Morimos a los cuarenta años de una bala que nos hemos disparado en el corazón a los veinte». Camus tenía un diario donde apuntaba sus aforismos, frases cortas y misteriosas, adivinanzas, resplandores, interrogantes metafísicos. Por un momento me pareció entender lo que quería decir.

¿Hubo algún instante en que W tuvo miedo a morir o, peor aún, a sufrir un daño irreversible en algún órgano vital? ¿En el corazón, en los riñones, en los pulmones, en el páncreas y sobrevivir a duras penas, quedando incapacitado de por vida?

¿Fue consciente de alguna manera de ese momento atroz en una habitación de la tercera planta del hospital, donde ni siquiera a través del respirador artificial podía llegar a su cerebro la cantidad de oxígeno suficiente?

Azitromicina, gentamicina y clindamicina...

¿Qué clase de bacteria podía resistir semejante cóctel de antibióticos?

No tengo respuestas para todas esas preguntas. Tengo sólo las que me doy a mí misma, que nunca son claras y que no siempre son las mismas. Escribir es la única manera que yo tengo de tratar de entender, si es que alguna vez lo logro.

La gente se recupera de las pérdidas secretas de distintas maneras.

Un saquito de yute con tierra del monte Zelengora. Toda la vida en un paquete de DHL Exprés.

22

María subió a oscuras las escaleras del palomar. No podía dormir. Abrió la ventana y contempló la noche. La única luz procedía de la brasa del cigarrillo que acababa de encender. Fumaba demasiado. No quería compartimentos en su mundo. El Premio Nobel de Camus la había relegado a ser una mujer en la sombra, la amante oculta. Entendía los protocolos, no le importaban las normas sociales, pero era demasiado orgullosa para desempeñar un papel secundario. Años antes, alguien los había fotografiado a Albert y a ella en un balcón de esa misma casa. Era una mañana clara, se adivinaba que estaban recién levantados por las batas anudadas encima del pijama, los ojos somnolientos con esa expresión inconfundible que sólo da el gusto cumplido del amor, ella con el pelo recogido de cualquier modo, la frente alta, él sosteniendo un cigarrillo, radiantes como dos recién casados después de su primera noche. Se fijó en la luna menguante que asomaba por el callejón de l'Enfant-Jésus. Si todas las lunas fueran lunas de miel... «Vaya —pensó con sorna hacia sí misma—, me estoy poniendo lírica».

¿Cuántas cosas habían vivido juntos? El final de una guerra, la ocupación, las dudas, las peleas del principio, las escenas con sus estallidos de cólera viva, las infidelidades, las reconciliaciones, la enfermedad, la renuncia, las largas separaciones profesionales, los problemas familiares, los estrenos, las celebraciones, las escapadas, el riesgo, las noches, *la vie en rose*... Más de quince años juntos. Y ahora el Nobel. ¿Qué tenía de nuevo esta circunstancia? ¿En qué medida estaba afectando a sus sentimientos? No lo sabía. Quizá se sentía un poco cansada.

¿Y a él? ¿Cómo le había impactado a él recibir la más alta distinción de la literatura?

Los intelectuales parisinos sacaron las navajas tan pronto como se dio a conocer la noticia. Fueron a degüello. La opinión generalizada era que el premio debía ser el colofón a toda una carrera y que el jurado podía haber esperado a que la trayectoria de Camus estuviera más consolidada. Era cierto que no tenía aún una gran obra a sus espaldas. Había escrito dos novelas, cuatro piezas de teatro, algunos relatos una decena de ensayos. Tenía sólo cuarenta y cuatro años. Era el premiado más joven desde Rudyard Kipling. Francia estaba representada por nueve candidatos mejor posicionados que él a ojos de la crítica, como André Malraux, por ejemplo, o el propio Jean-Paul Sartre, que tuvo que esperar todavía seis años para recibir el galardón. Quizá la demora de esa espera reconcomió por dentro al autor de *La*

Náusea y lo llevó a rechazar el premio cuando se lo ofrecieron más tarde, en 1964. Lo hizo con una actitud de superioridad moral que proporcionó grandes titulares a la prensa, pero que, sin embargo, quedó empañada algunos años después al saberse que el filósofo, a pesar de su rechazo público, había reclamado por lo bajo el montante económico que acompañaba al premio. Doscientas setenta y tres mil coronas suecas. No pudo cobrarlas porque, transcurrido un tiempo, el dinero había pasado ya a los fondos de la Fundación. El hecho fue desvelado por Lars Gyllensten, exmiembro de la Academia Sueca e integrante de la comisión que entregaba los premios, en sus memorias. Así son las cosas. La vida de los grandes hombres se escribe también con sus pequeñas miserias.

Era de esperar que la elección de Camus cayera mal en los corrillos intelectuales de Saint-Germain. Para él mismo fue una sorpresa inesperada.

«Si yo hubiera participado en la votación, habría elegido a Malraux, que fue uno de los maestros de mi juventud», declaró con humildad.

Los titulares más amables consideraban que al otorgar el premio a Albert Camus, la Academia Sueca había entrado de lleno en el terreno de la Guerra Fría. Encabezados por Sartre, buena parte de los intelectuales «progresistas» le reprochaba que firmase manifiestos a favor de los insurgentes húngaros y no lo hiciera por los independentistas argelinos. Era verdad que Camus desconfiaba del panislamismo.

Sin embargo, las críticas que le hirieron más gravemente fueron los comentarios que lo daban ya por acabado, porque ponían el dedo en la llaga sobre el bloqueo creativo que lo atenazaba por dentro. Hacía meses que era incapaz de escribir una línea.

Estar en el dique seco le resultaba insoportable. No hay peor infierno para un escritor. Se sentía como un pez fuera del agua. Al perder el impulso de escribir, le parecía que estaba dejando escapar el nexo con la vida, y en cierto sentido así era. En el fondo, de una manera quizá instintiva, consideraba que la escritura podía sustituir a la felicidad. Si no lograba trasladar a un papel lo que pensaba o lo que sentía, era como si las cosas no pudieran llegar a término.

El dique seco.

La presión del Nobel lo paralizaba todavía más, a pesar de saber que el éxito, en el mejor de los casos, es sólo un malentendido, como escribió en su cuaderno con hastío.

Una mañana se despertó de golpe envuelto en sudor. Quería chillar, pero no salía ningún sonido de su garganta. Una pesadilla. El sueño transcurría en una carretera de campo desconocida, al atardecer. Viajaba en el interior de un coche, pero no conducía él, por el espejo retrovisor vio que le seguía a cierta distancia un automóvil negro, sin querer acercarse demasiado, pero siempre un palmo más cerca.

El coche en el que viajaba aumentó la velocidad. El que lo seguía detrás se perdió de vista. Pero al salir de la curva, sintió los faros clavados en la nuca a una velocidad descabellada. Cuando estaba a punto de embestirlo, sintió que algo lo sujetaba por el cuello hacia atrás con la fuerza de una premonición y se despertó gritando con las manos en la garganta. Pensaba que no había nada más absurdo que morir en un accidente de automóvil. Se levantó a la cocina a beber un vaso de agua, pero lo hizo con tanta inquietud que parte del contenido se le derramó por la barbilla y por el pecho. Fue la primera señal.

Con frecuencia, se le venían a la cabeza imágenes difusas del viaje que había hecho en coche por Bretaña años atrás con el filósofo Jean Granier, a quien consideraba un maestro. Había sido la única ocasión en que Camus visitó la tumba de su padre en la sección militar del cementerio de Saint-Michel. Al ver la inscripción de la lápida, cayó en la cuenta de que tenía más edad entonces que su progenitor cuando murió en la batalla del Marne. Ser mayor que su propio padre le generaba un estado de ánimo raro. El tiempo al revés. Sus pensamientos, cualesquiera que fueran, se los guardó para dentro.

1958 fue uno de los peores años de su vida. El simple hecho de salir a la calle le angustiaba. Vivía en un estado permanente de crisis de ansiedad. Tuvo que recurrir a sesiones semanales de fisioterapia para aprender a respirar de nuevo: inhalar, exhalar. Ni siquiera se atrevía a tomar el metro a causa de la claustrofobia. Temía perder el juicio. Nietzsche había perdido la razón a los cuarenta y cinco años. Él tenía cuarenta y cuatro. Empezó a ir al psiquiatra.

—Sólo necesitas un descanso —le dijo María—. Te vendrán bien unas vacaciones, un poco de luz mediterránea. —Se había acercado a él sonriente, lo que a Albert le hizo pensar que iba a abrazarlo, pero ella se limitó a darle dos palmaditas en la espalda.

Unos días después salieron juntos hacia Grecia, en busca de esa luz. Un azul increíble con destellos de diamante, la brisa rizada, aquella belleza antigua. Los Gallimard habían alquilado un barquito que estaba amarrado en el puerto del Pireo. Recorrieron el Egeo desde Rodas hasta Chipre en un crucero. No fue un viaje romántico. Aparte de los Gallimard, Michel y Janine —sus queridos *Urbi et Orbe*, como acostumbraba a apodarlos socarronamente—, compartían la travesía otros amigos, los Prassinos, el capitán inglés y el resto de la tripulación. Demasiada gente. Pero el sol tibio les calentaba los huesos y el mar estaba siempre entre ellos, salado, brillante, inexplicable como en los orígenes de la civilización. «Tal vez por eso se inventó aquí la verdad», escribió Camus.

Mientras ellos navegaban con viento limpio, en Francia el general Charles de Gaulle era investido presidente de la V República con plenos poderes y dejaba la puerta abierta a la independencia de Argelia. El sueño de Camus de la convivencia entre franceses y argelinos se reveló imposible. Cerca de un millón de *pieds-noirs*, de origen europeo y nacidos en Argel, empezaron a abandonar el país hostigados por la población musulmana. La cartografía en la que creía Camus no se ajustaba a las rígidas etiquetas de la era poscolonial. Aquel no era un mundo por el que se pudiera caminar sin mapas.

Continuaron el periplo por las islas griegas: Symi, Cos, Kálimnos, Leros, Patmos... Atracaban y se iban a comer pescado frito a las tabernas y escuchaban música meridional en la radio. Cuando llegaron a Quíos, se encontraron a los campesinos batiendo trigo, en plena faena agrícola de temporada. La tierra roja, los olivos, el canto de las cigarras entre los pinos. Durante el viaje, alguna vez, también había tenido esa sensación de alejamiento con María, al principio muy tenue, pero perceptible. Cuando ella apartó la rodilla apenas unos centímetros en un viraje del timón, su manera solitaria de nadar lejos por su cuenta, largas brazadas de *crawl*, clavando las manos en el agua como cuchillas, sin levantar apenas espuma con los pies. Una lubina salvaje. Si él se lanzaba al agua para acompañarla un trecho, ella procuraba mantener la distancia de un modo sólo aparentemente casual. En el barco no había demasiado espacio para la intimidad. Camus deslizó la palma abierta de la mano por su hombro mojado de agua salada como por un territorio propio, pero le pareció notar en ella un mínimo reflejo retráctil. ¿La estaba perdiendo? Sentada en la borda, con una camisa sin mangas anudada en la cintura, unos shorts blancos y las piernas morenas, su belleza resplandecía hasta un punto que le resultaba del todo insoportable.

María no pudo concluir el viaje. Tuvo que regresar a Francia para la representación de *María Tudor* en Aviñón. Camus continuó la travesía: Mitilene, Sigri, Skópelos, las Espóradas del Norte... El viaje empezaba a surtir efecto en su ánimo. De vuelta hacia el continente, al dejar atrás la bahía de Maratón, comenzó a escribir en un pequeño cuaderno de espiral. Todavía no era un texto fluido. Sólo notas, esquemas sobre la disposición de los capítulos, apuntes en los márgenes, frases sueltas, palabras rodeadas por un círculo, apenas un embrión. Pero era algo. Su última apuesta: *El primer hombre.*

En Atenas varias veces intentó llamar por teléfono a María desde la centralita del hotel y la estafeta de correos, donde tuvo que hacer una cola kilométrica. La dificultad de las comunicaciones lo desquiciaba. Cuando por fin consiguió hablar con ella, la notó distante, lejana. Su voz no le llegaba en sintonía como otras veces. Conocía bien todas las vibraciones de sus tonos para distinguir los pequeños matices como una delgada cuerda de violín a punto de romperse.

«Esos teléfonos en que no te siento del otro lado (...) ¿He hecho algo mal?».

Cuando regresó a París, lo primero que hizo fue ir derecho a buscarla debajo de todas las capas de agravios, despojándola de todas sus vestiduras, una tras otra, en el cuartito del séptimo piso, dentro del cuadrado de luz de allá arriba. Y la encontró.

El corazón a veces es un perro que ladra.

Camus soñaba por esos días con la estepa rusa. Estaba fascinado con la lectura de un libro que Gallimard acababa de publicar: *El doctor Zhivago.* Aquella historia de amor durante la Revolución bolchevique y la guerra civil que le siguió después lo arañó profundamente por dentro. Había algo que sentía muy propio en sus páginas, un espejo en el que podía reconocerse. Al fin y al cabo, era el drama de un hombre que luchaba por sobrevivir en medio de todos los conflictos de su tiempo, cargando a cuestas con su propia guerra íntima, a la que inevitablemente acaba arrastrando también a las dos mujeres de su vida: su esposa Tonya y Lara, la muchacha de la que se había enamorado sin remedio. Camus reconocía esos mimbres porque eran los mismos que tejían su propia biografía.

Le regaló a María uno de los primeros ejemplares del libro salidos de imprenta. Le encantaba descubrirle lecturas. Tanto fue su entusiasmo que se empeñó en proponer la candidatura de Boris Pasternak para la siguiente edición del Premio Nobel, la de 1958.

Había una dificultad. La novela estaba publicada en italiano y en francés, pero no había aparecido sin embargo en su lengua original, el ruso. Y sin ese requisito, la comisión no podía aceptar la candidatura.

Camus hizo lo que pudo para salvar todos los obstáculos. En aquel momento era el intelectual más influyente en la esfera internacional. Contrarreloj, apenas con tiempo para cumplir los plazos, salió una edición de la novela en ruso, publicada por la editorial holandesa Mouton. La candidatura de Pasternak pudo presentarse en el último momento ante la indignación soviética por lo que sus dirigentes consideraban una intromisión intolerable desde el ámbito literario en la escena política.

El 23 de octubre de 1958 Boris Pasternak obtuvo el Premio Nobel.

Las reacciones dentro de la nomenklatura fueron violentísimas. Las amenazas no sólo se dirigieron contra el novelista, sino también contra la mujer a la que estaba unido sentimentalmente, Olga Ivinskaya. Ella ya había sido arrestada bajo el régimen de Stalin. Y en el momento de la detención, había perdido el hijo que ambos esperaban. Después tuvo que pasar cuatro años en un campo de trabajo. Sometido a esa terrible tenaza, y completamente destruido, Boris Pasternak se vio forzado a enviar un telegrama a la Academia, comunicando que debía renunciar al Premio Nobel a causa del significado atribuido a aquella condecoración por la sociedad en la que vivía.

No fue suficiente. El hostigamiento continuó. Por enésima vez, Camus se ponía en el medio. La defensa que hizo del escritor ruso se interpretó dentro de la KGB como una provocación. Después de alertar a la opinión pública contra la masacre en Hungría, ahora volvía a ponerse en el punto de mira con el caso Pasternak.

Para amplios sectores del politburó, Camus era ya un enemigo declarado y esta vez, en opinión de algunos, había ido demasiado lejos. En términos internos, se le consideraba un intelectual incómodo, un estorbador, un tipo que fastidiaba a muchos, incluso en su propio terreno, en los círculos intelectuales de la *gauche divine* parisina, y no digamos ya en Argel. Su voz resultaba harto incómoda para los nacionalistas franceses que no querían la independencia; para los extremistas argelinos, que lo consideraban un neocolonialista por su defensa de la vía pacífica y de la tregua civil; para los sectores reaccionarios, que veían en él a un peligroso izquierdista que había luchado en la Resistencia; para el Partido Comunista Francés, que lo consideraba demasiado tibio y un enemigo de la lucha de clases; para la dictadura fascista de Franco, a la que denunciaba constantemente para que no fuera admitida en los organismos internacionales; para la Unión Soviética y sus servicios secretos en general y para su ministro de Asuntos Exteriores en particular.

Hay una locución del derecho romano muy utilizada en criminalística para determinar la posible autoría de un delito. *Cui prodest?* ¿A quién beneficia?

Era cierto que Camus tenía demasiados enemigos, que despertaba aversiones, que suscitaba envidias... Cuando alguien da fastidio a muchos, es más fácil que nadie vea si le pasa algo, que nadie sepa, que nadie acuda a socorrerlo en caso de necesidad o que mire hacia otro lado.

El viento que se había desatado con la tormenta rompió un cristal de la ventana del palomar, en la calle Vaugirard. Un corte limpio, en diagonal. A María le sorprendió la ráfaga como una sacudida de la noche en su propio cuerpo. Eran pocas las ocasiones en las que él podía quedarse hasta el amanecer. Camus se acercó a la vidriera medio desnudo con una tira de esparadrapo para sujetarlo provisionalmente. A través del tajo veía el cielo por encima de él como una mandíbula abierta.

23

Entre dos personas lo que cuenta no es lo que se dice, sino lo que no es necesario decir, escribió Albert Camus. Supongo que tenía razón.

Estaba en mi estudio con la mesa atiborrada de libros marcados con separadores de colores, de rotuladores y lápices apretujados dentro del tazón de Mafalda, de libretas llenas de anotaciones y de cientos de cartas que Albert Camus y María Casares se cruzaron a lo largo de más de quince años en un intento desesperado por mantener su amor en vilo contra toda clase de enemigos, como hubiera hecho cualquier pareja de enamorados. Defender el cofre del tesoro.

¿Qué encontré en esas cartas? No sabría explicarlo. Era invierno en Valencia, la ciudad latía de las ventanas hacia afuera por sus arterias principales; pero dentro, en mi estudio de madera orientado al suroeste, reinaba una atmósfera secreta quizá en exceso, fuera del tiempo. Eché una mirada de refilón al ordenador ya en silencio y me pregunté: «¿De verdad eran ellos quienes estaban ahí hace nada?».

Tenía la sensación furtiva de estar invadiendo una intimidad privada, pero al mismo tiempo me parecía estar descubriendo importantes interrogantes de la historia y la literatura europea de mediados del siglo XX. Creo que, en el fondo, esa fue la verdadera razón de que, tantos años después, la editorial Gallimard se decidiera a publicar esa correspondencia privada.

Lo que más me impactó de las cartas fue el calendario real de dos personas con muchos días marcados en rojo. Dos enamorados contra las cuerdas como cualquier hijo de vecino. A la hora de la verdad el amor no distingue entre un premio nobel y un obrero de la construcción, entre una actriz de teatro y un ama de casa de Iowa. Las cartas me impresionaron, sobre todo, por lo que tenían de reconocible, de familiar. Las emociones contenidas, el crepitar de las frases como leños ardiendo, los altibajos. Tenía razón Anna, mi agente, cuando me envió el *e-mail* con su propuesta: «He pensado en ti porque las cartas reflejan una historia de amor muy encarnizada, de esas que arrasan con todo sin dejar prisioneros, como lo que te pasó a ti con W». Como lo que podía haberle pasado a cualquiera, en realidad.

Si una lo piensa bien, todo es cuestión de suerte. ¿Cuántos amores tocan por cabeza a lo largo de la vida? ¿Cuántas veces pasa que te encuentras ante alguien que te hace sentir vivo, que te coloca contra las cuerdas? ¿Tres? ¿Dos? ¿Una? ¿Ninguna? ¿Sabremos reconocer ese destello o dejaremos que se pierda para siempre en medio de la marea de los días?

De niña pensaba que el máximo ideal era tener una vida viajera, conocer los grandes glaciares, cruzar el río Yukón, en Alaska, como Jack London, atravesar las selvas, los desiertos, esa clase de cosas que leía en las novelas. Más adelante, creí que lo más importante era el conocimiento de las civilizaciones antiguas, los grandes hallazgos arqueológicos, los leones de Micenas, las ruinas sumerias de Umm al Aqarib, los relieves del palacio de Nínive. Después, consideré que el sumun de la existencia eran los intrincados retos científicos: la física cuántica, la geometría, descubrir la estructura del ADN, la composición de la materia oscura o qué sé yo... Ahora, sin embargo, me parece que la verdadera aventura de la vida es haber vivido una gran pasión.

Un día de Año Nuevo desde Argel, Albert le escribió a María, viéndose a sí mismo un poco como el personaje de Rick, en *Casablanca*. La revista *Vogue* lo había tildado como «el nuevo Humphrey Bogart», y él se identificaba con el romanticismo duro del personaje, esa escena a media noche en el bar con las luces apagadas, tomándose un *whisky* a solas, recordando en plan sentimental. Y añadió una posdata: «Hoy las cosas van menos bien».

Otro día de marzo, a las diez de la mañana, durante un viaje al Reino Unido, le envió a María una postal de Tower Bridge al amanecer, con el Támesis pálido e invernal. Se había encontrado Londres nevado y completamente desierto, un domingo. Anotó la dirección donde se alojaba en el Basil Street Hotel de Knightsbridge, aunque sólo iba a estar cuatro días en la ciudad y sabía que era imposible que a ella le diese tiempo a contestarle. Pero por si acaso.

Le escribió mucho desde Cabris, cuando estaba reponiéndose de uno de sus brotes de tuberculosis, para preguntarle por los programas de radio en los que ella participaba. Quería saber la hora exacta de emisión. Necesitaba ese dato preciso. Desde los Alpes se podían sintonizar casi todas las emisoras de la capital salvo París-Inter. Esa conexión significaba la vida para él. Necesitaba escuchar su voz grave, modulada, sensual.

Lo más difícil era conjurar el vacío inmenso de los fines de semana, la tristeza de dos largos días sin correo, los domingos eternos, desterrados del infinito. Había que esperar. Siempre le pedía que hiciese lo posible para que le llegara una carta los viernes. Era una ayuda para poder resistir hasta el lunes.

Tampoco faltaban en su correspondencia los avisos para navegantes, las indicaciones prácticas para sortear obstáculos: él le advertía que, si lo llamaba, lo hiciera sobre las once de la mañana. El teléfono se encontraba en el cuartito de estar y lógicamente a la vista de todos, no podía expresarle su emoción con toda la efusividad que sentía. El suplicio del amor clandestino.

Camus sabía siempre perfectamente el momento exacto en que ella iba a salir a escena. Habría dado cualquier cosa por estar allí, en un rincón de la sala, sin que ella lo supiera. Vivía con la mente en la ciudad donde María caminaba por las aceras con su boina de color burdeos y un abrigo largo. Si la radio anunciaba ocho grados bajo cero en París, le entraba el deseo imparable de entrar con ella en el primer café de Saint-Germain y acercarse a la estufa de hierro. El deseo de hacerla entrar en calor.

«También te quiero en invierno».

El 25 de noviembre de 1959, con lluvia y cansancio acumulado, Albert le confesó lo que significaba realmente para él la escritura. Era un momento duro para ella por la muerte de un amigo muy querido, el actor Gérard Philipe. Un trance en el que Camus reconocía claramente que estaba fallándole por no estar donde sabía que debía estar. Y no intentó justificarse, aunque se defendió también con ese pequeño egoísmo que lo humanizaba como al resto de los mortales, porque no existe una sola vida libre de esa cuota de engreimiento. Mucho menos la de un escritor.

Por una parte, se sentía abrumado por no saber ayudarla, por no poder llevarla con él lejos de todo lo que para ella suponía un peso, pero por otro, ay..., necesitaba acabar el libro en el que estaba trabajando. «¡Qué oficio tan terrible este que me obliga a privarme de todo...!». Un trabajo angustioso que lo separaba de ella para llenar folios en blanco. Aunque en el fondo sabía bien que ese oficio era su verdadera razón de ser. Y realmente no querría ningún otro, ni otra vida, ni otro corazón.

Ella lo entendió. Por supuesto que lo entendió, con más o menos resignación, con más o menos ironía. Escribir era lo primero, desde luego. No pasaba nada.

—El amor puede esperar, de todas formas, siempre es insaciable —le contestó. Pero a continuación añadió—: A juzgar por tu carta, pareces a un tiempo malhumorado, sensible, ensimismado, firme, frágil y vivo... Siempre te pasa lo mismo cuando estás de gallina ponedora (con perdón).

Las cartas de ella tenían un estilo más desenfadado con sus parodias gallináceas o en las complicidades íntimas, y cuando le contaba cosas de la vida real hecha de pequeños detalles que necesitaba compartir con él para inventar la ilusión de una vida en común: los cambios en el mobiliario de la casa, una mesa redonda de madera clara para comer, una cómoda nueva que acababa de comprar y las pérgolas y sillas para la terraza; sus lecturas, la cena que preparaba en el hornillo de la cocina. Cuantísima intimidad podía haber en unos espaguetis. El amor estaba justamente en ese fuego lento doméstico mientras la casa se iba amueblando. La moqueta de las habitaciones estaría lista en poco tiempo. «El ebanista está serrando en el vestíbulo. Va a colocar una tabla encima del radiador para poner el teléfono. Yo estoy esperando tu carta y oigo con voluptuosidad los ruidos de la calle, el trajín de toda esa gente que circula alocadamente a través del frío».

María era precisa y directa en sus opiniones, en sus recuerdos, en los comentarios de sus lecturas, no se andaba por las ramas: «Sigo con Proust; a veces me encanta, a veces me aburre y a veces me harta. En esas estoy con Proust».

Se acordaba de todo: de los camiones al amanecer en Senlis, de las botellas de Vichy que pedían por la noche, mientras esperaban al camarero de planta que no llegaba nunca. Recordaba también cómo, poco a poco, durante aquellos días robados, fue conociéndolo a fondo, acercándose al Albert más íntimo, tembloroso y cálido. Y, sobre todo, del momento exacto en que tomó conciencia, de pronto, del amor como de un peligro espantoso.

«Querido amor mío: Te escribo mientras se cuecen los espaguetis».

«Te quiero en el Ródano y en la tormenta».

En la Nochebuena de 1959, después de repartir los regalos encargados por Camus en la rue Vaugirard, en sus respectivos calcetines, sin olvidarse de los empleados españoles que trabajaban en casa y eran ya parte de la familia, María le escribió mandándole las gracias entusiasmadas de todos los habitantes del número 148 por los regalos, aunque ella hubiera preferido esperar al Año Nuevo para abrirlos juntos a su vuelta de la Provenza, a donde se había retirado para escribir. Ansiaba su regreso para contarle, hablarle, amar y reír juntos. Pero decía lo que tenía que decir, no se andaba con rodeos ni florituras. «También espero a que vuelvas para sacudirte el polvo. Creo que lo necesitas un poco».

No le faltaba razón. Había en su manera de decir las cosas algo estrictamente personal, ese pálpito que sienten alguna vez todos los rehenes de la fortuna, los teléfonos sonando, una certeza incondicional. Palabras sabias para los que están en el ajo. La última frase era una cosa seria. Toda una declaración de principios que superaba con creces cualquiera de las metáforas floridas de la lírica provenzal.

Espero a que vuelvas para sacudirte el polvo.

Una podía embarcarse a muerte en esa frase de andar por casa. De los dos, era Albert, sin duda, quien mejor escribía, el premio nobel. Pero ella sabía llegar a la mayor intimidad posible con las palabras.

Todos los que escribimos sabemos que lo verdaderamente difícil es llegar a ese punto. Me levanté de la mesa y me acerqué a la ventana. Recordé un poema de Joan Margarit titulado *No tires las cartas de amor* en el que advierte que algún día esa correspondencia que habrás guardado será la última literatura que tengas.

Estiré los brazos e hice crujir todas mis articulaciones. Doblé el cuello a un lado y a otro y miré lejos. Las palmeras de la avenida Antic Regne vibraban en el aire de la tarde con un fulgor azul de porcelana china. No era que aflojase el frío, todavía estábamos en febrero y con la calefacción encendida, pero la luz empezaba a tener una inclinación distinta. No lo pensé. Puse la canción que W y yo reconocíamos como nuestra. Albert Camus y María Casares tenían *La vie en rose*. Todos los amantes tienen la suya porque el amor necesita de la música como los cuerpos celestes de la ley de gravitación universal. Una canción con pedigrí, con mensaje encriptado que nos atañe íntimamente a cada uno. Un remedio para el desánimo. A veces más, a veces menos, según el estilo, según la época, pero así son las cosas. Si falla la calefacción, moriríamos todos congelados. Me sentí mejor cuando sonaron los primeros acordes de *The Girl From the North Country*. La versión que Johnny Cash canta a dúo con Bob Dylan.

También yo necesitaba sacudirme un poco el polvo.

24

El caserón se estrechaba por un lado como la proa de un barco. Era un antiguo criadero de gusanos de seda, en el pueblo de Lourmarin, en la Provenza. Tenía un salón y una cocina en la planta baja, tres habitaciones en el primer piso y un desván. Además, contaba con una amplia terraza y un jardín dispuesto en varios niveles abierto al valle. En cuanto lo vio, Camus tuvo claro que era el lugar que necesitaba para escribir, lejos del aire envenenado de París, la metrópoli de la maldad, de la denigración... Agilizó los trámites de compra con el dinero del Nobel. Le encargó a un artesano del lugar las reformas de albañilería y lo fue habilitando a su manera con muebles de segunda mano adquiridos en los mercadillos: un sofá, una mesa, un retrato de Tolstói. En el sótano montó un tablero de *ping-pong* para los niños y mandó instalar en el salón un piano para Francine, aunque la mayor parte del tiempo estaba cubierto por una tela gris. Casi siempre estaba solo. Bueno, en compañía de su gata, Lola, y de una borriquilla llamada Pamina, que tenía por costumbre revolcarse encima de las petunias que había mandado plantar en la entrada.

Vivía como un cartujo. Algunas noches, después de haber estado leyendo en su habitación, bajaba al jardín. Le gustaba caminar entre las terrazas inferiores sobre todo a principios de mayo, la estación de las cerezas y de las amapolas. Se levantaba temprano, con el sol, y se ponía a trabajar hasta el mediodía. Hacía un descanso, siguiendo las recomendaciones médicas, para dar un pequeño paseo hasta el pueblo, entre las casas de piedra con los postigos pintados de añil. Disfrutaba pasando por delante de la fuente con cara de león, pegada a los escalones de la plaza de la iglesia, para luego bajar por las calles estrechas hasta la oficina de correos donde recoger las cartas de María y enviarle las suyas. El fuego cruzado de palabras casi diario que los mantenía febrilmente unidos desde hacía más de quince años. No podía vivir sin eso. Compraba los periódicos y sus *Gauloises Blau* de siempre en el quiosco que había al lado de café. A veces entraba y entablaba conversación con los paisanos. Era un vecino ilustre, pero todos entendían que, si estaba allí, era porque quería ser uno más. Regresaba por la carretera de los plátanos, al pie del castillo, y doblaba por el caminito que lo llevaba de nuevo hasta la puerta de su casa.

Se quedó un rato abstraído, contemplando la cuartilla, pero sin fijarse en su contenido, sino sólo en los caracteres de la caligrafía enmarañada. Tinta negra. Tachaba, revisaba hojas sueltas con recordatorios sobre la disposición de los capítulos. Comía cualquier cosa que le dejaba preparada la señora Ginoux y volvía a su mesa monacal, a trabajar en el cuaderno que había empezado en Grecia, con la energía enloquecida de quien no tiene ni un minuto que perder. El manuscrito estaría dedicado a su madre analfabeta. «A ti, que nunca podrás leer este libro».

El primer hombre no pretendía ser la autobiografía del niño pobre que se convirtió en escritor. Era otra cosa. La historia de los ignorados del mundo, de los que acarrean la vida a cuestas para que sobre sus espaldas puedan construirse las civilizaciones.

Leyó el comienzo en voz alta, una vieja costumbre adquirida con sus primeras obras de teatro.

«En lo alto, sobre la carretera que rodaba por un camino pedregoso, unas nubes grandes y espesas corrían hacia el este, en el crepúsculo».

Desde la ventana podía sentir el mistral agitando los olivos y los cipreses, la vegetación ondeante y el horizonte de colinas azules bajo un cielo deslumbrante, incluso si estaba nublado, envolviendo la distancia. Pensaba en ella, claro. A todas horas. De madrugada y por la noche. Vestida y desnuda, con zapatillas de *ballet* y descalza, echada en el sofá con un jersey que le cubría hasta los muslos, repasando el guion a última hora, con un lápiz en la mano derecha para hacer anotaciones, mordisqueando a ratos distraídamente la pequeña goma de borrar del extremo, sin maquillar, con el pelo recogido de cualquier manera, la voz grave y aquel aire sexual e indolente que lo volvía loco.

La había llamado esa misma mañana a las doce, pero nadie había cogido el teléfono. Quería decirle que todo iba bien y que estaba trabajando mucho. La grandísima soledad que lo rodeaba, le angustiaba un poco, pero al mismo tiempo le ayudaba a concentrarse. Era invierno. Frío y lluvia. El pueblo estaba desierto en esa época, las puertas y las ventanas cerradas y las calles vacías. Salvo en el almuerzo, se pasaba los días sin ver a nadie, en aquella gran casa silenciosa, dando vueltas y garabateando papeles. Era capaz de vivir como un monje, aunque dotado de una sensualidad a flor de piel. Hasta escuchar a los pájaros le despertaba el deseo de su cuerpo, el recuerdo del olor que emanaba su piel tibia después de la ducha o cuando dormía a su lado con un brazo girado por detrás de la cabeza en un escorzo de bailarina. Cerraba los ojos para no pensar y sólo entonces soltaba algo de tensión, se forzaba a sí mismo a desprenderse de aquellos pensamientos.

La Navidad era un momento difícil para ellos. Siempre lo había sido. Quizá lo sea para todos los amantes. También para los protagonistas de *El doctor Zhivago*. En la novela de Pasternak es precisamente durante la fiesta de Navidad cuando tiene lugar el atentado de la jovencísima Lara contra su corruptor, que marca el fin de la juventud para todos, ya que la guerra está a punto de estallar. Una vela iluminando la ventana por donde nos asomamos a la Historia.

María sentía una leve inquietud que no se podía quitar de encima, una especie de presión en la boca del estómago. Una vaga añoranza de algo, no sabía muy bien de qué. La muerte reciente y fulminante de su amigo, el actor Gérard Philipe, le había ensombrecido el ánimo. Tenía la misma edad que ella, había sido su eterno compañero de reparto, su confidente en los tiempos de la ruptura con Albert, su hermano, su amigo del alma y algo más una noche en Roma, en el Albergo de La Sibilla, durante el rodaje de *La Cartuja de Parma*. Aquel Philipe jovencito de veintidós años, con sus grandes ojos abiertos y su sonrisa de comerse el mundo. Tan guapo... Los dos niños bonitos del teatro y del cine francés. ¿Por qué la muerte de una persona joven y guapa nos resulta más triste? Hay experiencias que se viven mejor en soledad, como bucear en los fondos marinos o visitar el Louvre o leer a Chejov, pero la muerte es mejor afrontarla acompañada si es posible. No siempre lo es. En eso María no tuvo suerte. Las muertes de su vida le tocó encajarlas a palo seco. Pero le hizo una pregunta a Albert. Una pregunta importante, planteada de un modo sólo aparentemente casual, como quien no quiere la cosa. Una pregunta que quedó flotando en el aire: «¿Crees que la propia muerte podría separarnos?». Ahí lo dejó.

La Navidad del 1959 Camus la pasó en Lourmarin con Francine y los niños. Acordaron que se trasladarían ellos, para evitarle a él el viaje a París con el fin de que pudiera seguir trabajando en su novela. Pusieron un abeto enorme en el salón con adornos de purpurina y nieve de algodón... La Navidad poniéndose en marcha como una vieja locomotora: la chimenea encendida, las velas en la ventana, las copas de champán.

También París se hallaba engalanado. María veía las guirnaldas de luces que colgaban del bulevar de los Capuchinos, las hojas de muérdago en los escaparates, las luces en las barcazas que cruzaban el Sena y quería morirse. Diciembre era una montaña empinada, dura de subir. Aunque intentaba no quejarse.

María se pasó la tarde en casa con el ánimo confuso envolviendo los regalos que Camus le había encargado, para todos los de casa, como hacía todos los años, su familia secreta. Los paquetes estaban desperdigados encima de la cama con papel de seda y lazos brillantes: una bata de felpa para Juan, que empezaba a acusar el reuma, una caja de jabones de olor para Ángeles. La pareja de españoles que había entrado a trabajar en la rue Vaugirard prácticamente desde el principio era para María un cordón umbilical con su país que le hacía sentirse menos extranjera. El regalo de Albert para ella era una gabardina oscura muy chic, con bolsillos al bies y un sombrerito cloché a juego. Lo había visto en un escaparate de la mítica rue Cambon. Había más obsequios de distintas procedencias: una caja de chocolate belga, un pimentero horroroso con cabeza de jaguar, unos guantes, un ramo de rosas blancas. María estiraba las horas todo lo que podía, tratando de olvidar aquella sensación de inquietud en el estómago, el frío de nevera en el que siempre acababa metida todas las malditas Navidades. Si por ella fuera, las borraría del calendario.

Tampoco para él resultaba fácil. Adoraba a sus hijos, pero el papel de padre de familia le dejaba huecos por dentro.

Los niños estaban entrando en la edad del pavo y, por su parte, le alimentaban menos el corazón. Pero a lo mejor era él quien se sentía solitario y distante, y no podía llegar a ellos.

En cualquier caso, el Año Nuevo estaba ya a la vuelta de la esquina. En enero una siempre espera que comience el mundo, pensaba María. Podía esperar. Estaba acostumbrada. Además, tenía grandes propósitos para la década que empezaba.

Dejar de fumar.

Plantar una maceta con guisantes de olor y viña virgen en la terracita del palomar, bajo la pérgola.

Cocinar más en casa para los dos solos, aunque antes tendría que arreglar la parrilla del horno.

Ordenar el álbum con recortes de prensa y fotografías de sus viajes juntos.

Leer *Las ilusiones perdidas,* de Balzac, para no olvidar las propias.

Ordenar los armarios.

Cruzar los puentes de París de madrugada con Albert picoteando un cestito de fresas salvajes.

No dar demasiada importancia a las cosas que no la tienen.

Lijar un pequeño mueble de madera para colocar los libros que ya no cabían en ningún sitio.

Viajar a Bretaña, para recuperar el olor de la tierra después de llover, el mismo olor de su infancia en Galicia.

Comprarse unas botas de montaña.

No perder el empuje.

Serenarse...

En Nochevieja, Camus estaba un poco ausente mientras los niños se peleaban por alguna tontería con el encono propio de los adolescentes. Oía las voces de los amigos reunidos en el salón de Lourmarin, entre el tintineo de las copas, hablando todos al mismo tiempo, como si fuera la escena de una película francesa que no tuviera mucho que ver con él. Desde lejos, fumaba y sonreía sin intervenir en la conversación. De pronto se puso en pie, cogió del perchero de la entrada su abrigo y una bufanda.

—Salgo a estirar las piernas —dijo.

Francine bajó la mirada. Sabía bien a dónde iba. Con las manos en los bolsillos, Albert se dirigió a grandes trancos hasta la estafeta de correos, por las calles empedradas y silenciosas. Llevaba la carta que le había escrito a María el día anterior plegada en la billetera, la aguanieve le vivificaba el rostro con el frío limpio que llegaba desde los neveros de la montaña.

30 de diciembre de 1959

Bueno. Última carta. Solo para decirte que llego el martes por carretera; subo con los Gallimard el lunes (pasan por aquí el viernes). Te llamaré cuando llegue, pero a lo mejor podríamos ya quedar para cenar juntos el martes. Digamos que en principio, para tener en cuenta los azares del camino y te confirmaré la cena por teléfono. Te envío ya una carga de buenos deseos, y que la vida brote en ti durante todo el año, poniéndote ese querido rostro que hace tantos años que amo (pero lo amo también cuando está preocupado, y de todas las formas). Doblo tu gabardina en el sobre y añado todos los soles del corazón.

Estoy tan contento al pensar en volver a verte que me río mientras te escribo.

He cerrado mis carpetas y no trabajo ya (¡demasiada familia y demasiados amigos de la familia!). Así que no tengo ya razón para privarme de tu risa, ni de nuestras veladas, ni de mi patria.

Te beso, te abrazo hasta el martes, en que lo repetiré.

A.

Los planes que hacen los amantes. La vida real hecha de tantos pequeños y mudos azares. Visto con la distancia que da el tiempo, aquella carta contenía un presagio escondido, como la primera helada del Año Nuevo. Otra cita con la que nadie contaba.

Hasta el martes.

25

La carretera recta flanqueada por plátanos. El cielo cubierto, de color gris claro, sin amenaza de lluvia.

La mañana del 3 de enero de 1960, Albert Camus salió de Lourmarin hacia París en el coche de su editor, Michel Gallimard, un Facel Vega negro. En el asiento trasero viajaban la mujer de Michel, Janine, y su hija Anne, con el perro, un *skye terrier*. Francine y los niños habían regresado a París el día anterior en tren desde la estación de Aviñón.

Era una ruta de sobra conocida que había hecho cientos de veces, tomando primero por la Nacional 7, de Aviñón a Lyon, luego atravesando la Borgoña por la Nacional 6 —Mâcon, Chalon, vía Avallon, Auxerre y Sens con su magnífica catedral gótica—. Y el último tramo, desde Sens a París, por la Nacional 5, vía Fontainebleau. Sabía bien los puntos del camino donde realizar las paradas de descanso: un hotelito en Thoissey, en el que reservaron habitaciones para pasar la noche, y un restaurante en Sens con chimenea y vigas de madera, para almorzar a la mañana siguiente, sin entretenerse demasiado, porque Camus tenía esa noche una cita para cenar con María a la que por nada del mundo quería faltar.

Después de comer, prosiguieron el camino a través de pequeñas aldeas. La carretera gris, ancha, con tres carriles, arbolada en largos tramos. Dejaron atrás Pont-sur-Yonne y se acercaban a Petit Villeblevin. La conversación entre los viajeros dentro del coche era animada, aunque Camus dijo en algún momento que tenía la sensación de estar rebobinando el carrete de una película, quizá se refería a un presentimiento difuso. Janine y Anne bromeaban sobre un viejo pleito familiar. El repentino brío del motor parecía extenderse a su alrededor como un eco y, de pronto, dejó de oír las voces de las mujeres, como si ya no hubiera nadie en el asiento trasero. Silencio absoluto. Notó un regusto amargo en la boca. El camino se oscureció. Le dio la impresión de que el automóvil había tenido que hacer frente a una curva no señalizada, un cambio repentino de dirección, un giro del todo inesperado. Sintió que algo le tiraba del cuello hacia atrás con fuerza y creyó que se trataba otra vez de una pesadilla.

El vehículo avanzó en zigzag por la calzada, antes de estrellarse contra un árbol en el lado izquierdo de la carretera, en sentido contrario a la marcha. La parte frontal se hizo trizas, los pasajeros sufrieron un primer impacto violento contra el parabrisas, luego el coche siguió bailando enloquecido, rajó el asfalto a lo largo de cincuenta metros, giró sobre sí mismo y fue a golpearse contra el segundo plátano, esta vez en el margen derecho de la carretera, a doce metros de distancia, del lado del copiloto. En ese momento, ya estaba sólo Camus a bordo del auto para sufrir el segundo impacto. Los demás pasajeros habían salido despedidos en la primera colisión. Las dos mujeres, sentadas en el asiento de atrás, aparecieron ilesas en un campo, a más de veinte metros, cubiertas de barro. A Michel Gallimard lo recogieron del suelo, en estado de *shock*, perdía mucha sangre y lo trasladaron de inmediato al hospital más próximo donde apenas aguantó unos días. El perro, Foc, nunca apareció. Al ir en el asiento de al lado del conductor, fue Camus quien recibió la peor parte. Su cuerpo quedó encastrado entre el asiento y la carrocería. Su cabeza, en el momento del segundo impacto, perforó la luneta trasera con el cuello partido en un ángulo imposible.

Los pedazos del coche quedaron desparramados en un radio de doscientos metros sobre la calzada. Fragmentos de chatarra, un faro, la parrilla del radiador, el reloj del salpicadero detenido en las 13:55, restos del motor, una rueda y la vieja cartera negra de cuero que Camus llevaba en el maletero con ciento cuarenta folios de la nueva novela, escritos a vuela pluma, casi sin comas, ni pausas, ni signos de puntuación. Su última apuesta.

El primer hombre.

La prensa coincidió en que el accidente se había debido al reventón del neumático trasero izquierdo. La llanta estaba dañada por el lado interno en un lugar que normalmente no estaría expuesto a desgastes o posibles pinchazos. Nadie podía explicarse un accidente tan brutal en una recta, con plena visibilidad, en una carretera de nueve metros de ancho y sin apenas tránsito. Ni siquiera los expertos de tráfico consiguieron dilucidar qué objeto pudo haber causado la profunda incisión que reventó el asfalto, lo que dio lugar a todo tipo de especulaciones.

Desde abajo, María oyó el timbre insistente del teléfono en el último piso. Ring, ring, ring, ring... Entendió que nadie iba a coger esa llamada. Subió las escaleras sin aliento. La puerta de su casa estaba abierta. Vio a Ángeles alejándose por el pasillo con la cara entre las manos. Fue Micheline Rozan, que era su agente y también la de Camus, quien le dio la noticia. Pero ella ya lo sabía. Lo supo en el mismo momento en que oyó el teléfono por el hueco de la escalera. Llevaba puesta la gabardina que él le había regalado por Navidad.

No pensó en nada, sólo tenía frío. Se sentó en el borde de la cama y miró la fotografía que tenía en la mesita de noche. Se acordó del momento en que fue tomada, hacía muchos años, durante un viaje que habían hecho a un pueblecito de montaña, a ochocientos metros de altitud, en Grand Valtin, al poco de su reconciliación, después de los tiempos del Todo o Nada. Albert conduciendo el viejo Citroën 11 ligero, el Desdémona, ella de copiloto con un pañuelo en la cabeza. Se había comprado una falda campera acampanada que le pareció apropiada para la ocasión y un par de blusas camiseras preciosas. Quería encajar en la foto de una felicidad perfecta.

Se alojaron en un hostal rústico que no disponía de baño en la habitación. Pero tenía hornillo y una mesa con mantel de hule de cuadros blancos y rojos. Camus estaba escribiendo entonces *El hombre rebelde* y se sentaba allí a trabajar todas las tardes. Tuvieron cinco semanas enteras para ellos solos, el mayor periodo de tiempo seguido que pudieron disfrutar juntos. Quizá por eso la despedida les resultó tan dura. Se hubiera conformado con tener sólo un día más. La última noche antes de separarse y volver cada uno a sus vidas, la pasaron abrazados, incapaces de soltarse. Sin hablar, sin besarse, sin hacer nada. Despiertos.

Por la mañana, él la acompañó al pequeño apeadero de tren de Saint-Dié-des-Vosges antes de coger el coche de vuelta para regresar con Francine y los niños que estaban en Annecy. Ella le rogó que no esperara a que llegase el tren, odiaba las despedidas. Casi lo echó de malos modos con su genio endiablado. No quería que la viera subir al vagón con aquella tristeza que no le cabía dentro del equipaje y le dijo adiós arisca, sin volverse. Pero él no se fue. Se quedó allí de pie, creyendo que ella no lo estaba mirando, con la frente apoyada en el cristal de la puerta del apeadero hasta que partió el tren, los hombros agitados por una emoción apenas contenida. Era la primera vez que María lo veía llorar.

«No, la muerte no separa —le había contestado él cuando ella le hizo aquella pregunta que quedó unos minutos flotando en el aire—, mezcla un poco más con el viento de la tierra los cuerpos que ya se habían reunido hasta el alma». Recordaba esas palabras de Albert que ahora cobraban su verdadero significado.

María no tuvo derecho a ver el cadáver, ni a asistir al entierro en Lourmarin. No tuvo la opción de velarlo, ni de ver su rostro por última vez, con un pequeño rasguño en la frente. Tenía el semblante dormido de alguien que está muy cansado, le dijo el escritor Emmanuel Roblès. En la lápida, muy sencilla, sólo figuraba su nombre y debajo la fecha de su nacimiento y de su muerte. Cuando inhumaron el cuerpo, entre los miles de ofrendas de todas partes del mundo, había una corona de flores especial que llevaba inscrita en la cinta una sencilla dedicatoria: «A un amigo de Hungría. Los húngaros en el exilio».

María le pidió por favor a René Char que le llevara un saquito de tierra del cementerio de Lourmarin. Lo guardó en un cofre de madera con sus cartas, las que le mandó ella y las que le escribió él, incluida la última que llegó por correo al día siguiente de su muerte y tardó varios meses en ser capaz de abrir.

«No tengo ya razón para privarme de tu risa, ni de nuestras veladas, ni de mi patria...».

«Hasta el martes».

El poeta era el mejor amigo de Albert. Fue él quien, nada más enterarse de la noticia, por iniciativa propia había subido a buscar las cartas al estudio que tenía Camus en la rue Chanaleilles y se las entregó discretamente a María. Toda su correspondencia durante dieciséis años.

—Para que esto no caiga en otras manos —dijo.

26

En la parte de abajo de mi biblioteca tengo un anaquel entero dedicado a libros clásicos y de viajes, historias que me han llevado lejos por mares y desiertos, en medio de un torbellino de ejércitos y caballerías donde se entrecruzaban los que se dirigían a una guerra y los que huían de ella. La *Anábasis* de Jenofonte, los *Anales* de Tácito, *Las guerras persas* de Heródoto, atlas históricos ilustrados... En el rinconcito de la izquierda, apilados en horizontal, almaceno otros libros que leí de niña, cuentos con amplios pórticos y patios abiertos por cuyas páginas transité en las tardes infantiles, cuando a la hora de la merienda, más o menos, la India lejana extendía sus alfombras ante mí. Fue precisamente ahí donde encontré lo que buscaba.

Se trataba de una vieja historia escrita en Mesopotamia hacía mil quinientos años, en los umbrales de la civilización. Una historia sobre la muerte, claro, que era el asunto que me preocupaba en aquel momento. Su rastro aparecía ya en el Talmud judío y también en la literatura musulmana sufí, e incluso en la tradición oral de los derviches. El relato ha llegado hasta hoy a través de numerosas adaptaciones. La última, la del escritor británico Somerset Maugham, que la recogió en un cuento titulado *Cita en Samarra*. Los nombres, los lugares y los detalles han ido cambiando de una versión a otra a lo largo del tiempo, pero la historia en esencia sigue siendo la misma.

Yo recordaba perfectamente el momento en que mi abuela Nana me la leyó una tarde de lluvia en el cuarto de los niños, después de haber acabado los deberes del colegio: «Érase que se era, hace mucho, mucho tiempo... En un lugar muy lejano, quizá en Bagdad, un acaudalado comerciante mandó a su sirviente al bazar para abastecerse de provisiones. Pasadas las horas, el criado regresó pálido y tembloroso y dijo: "Mi señor, cuando estaba en el zoco, una mujer me empujó en la multitud. Y al darme la vuelta, reconocí el rostro inconfundible de la muerte con su negro manto, que me miraba con gesto amenazante". El hombre estaba aterrado y, de rodillas, le pidió a su amo que le prestase un caballo para huir lejos de la ciudad. "Iré a Samarra —le anunció—, donde tengo unos parientes, allí la muerte no me encontrará".

»El amo conmovido le entregó su caballo y el hombre clavó espuelas y huyó al galope tan rápido como pudo, dejando tras de sí una nube de polvo.

»Por la tarde el comerciante bajó al mercado. Deambulando entre los puestos de mercaderías, vio a la muerte disfrazada de mujer con un manto negro entre la multitud. Y dirigiéndose a ella, la increpó: "¿Por qué miraste amenazante a mi sirviente esta mañana en el zoco?". "No lo miré amenazante —respondió la muerte—. Fue sólo un gesto de sorpresa. Me extrañó mucho verlo en Bagdad, porque tenía una cita con él esta misma noche en Samarra"».

Mi abuela me leyó ese cuento por primera vez, haciendo las pausas necesarias, muy despacio, como quien frota una lámpara. Pero yo no me asusté. De pequeña, le tenía miedo a muchas cosas: a las gallinas, a la lavadora cuando centrifugaba y al señor Orchaíta, que era el practicante que venía a ponernos las inyecciones a mi hermana y a mí cuando estábamos enfermas, pero morirme me traía sin cuidado. La muerte no es una cosa que una niña pueda comprender o temer.

W había tenido su cita en Samarra cuando menos lo esperaba. Me hubiese gustado haber estado a su lado hasta el último momento, cogerle de la mano al final, hablarle bajito al oído o, no sé..., cantarle una nana en español, como hacía Camus con sus hijos cuando no se querían dormir. Pero no me quejo, al menos llegué a tiempo para despedirme. Además, sé que estuvo bien acompañado.

Sabía que a partir de entonces tendría que aprender a vivir aceptando que nunca volvería a verlo, sin su voz al teléfono de madrugada, sin sus misterios. Pero también, que viviría un poco con él. A ratos. Lo vería alguna vez en las calles llenas de gente, en los rostros de otros hombres, en los ecos lejanos que arrastra el mar hasta la orilla de la playa en verano, en la luz incipiente de algunos amaneceres, en la voz de Johnny Cash... Sabía que estaría para siempre en las pinturas de San Isidoro de León, allí arriba en la bóveda, junto al cáliz de ónix. Pensaba que tal vez algún día, con suerte, sería capaz de trasladar su recuerdo a las páginas de un libro, y hablar de él a otras personas con naturalidad, sin pesadumbre. Incluso, quién sabe, también podía ser que con el tiempo consiguiera hacer un viaje largo y llamar al timbre de una casa donde una mujer morena, de ojos circasianos, quizá me abriera la puerta y pasáramos juntas una tarde entera delante de una taza de té, recordando cosas, reconstruyendo las piezas perdidas del *puzzle* y sonriendo a ratos. Ahora no, todavía era demasiado pronto, pero quizá más adelante.

Creo que a W le gustaría la idea.

Hay sentimientos que no son fáciles, que están hechos de cristal puro tallado en roca, con aristas afiladas que pueden cortar, con vetas profundas que no comprendemos del todo, pero que contienen destellos únicos que siguen brillando en la oscuridad mucho tiempo después de apagarse la luz. Si una cosa había aprendido leyendo la correspondencia entre Albert Camus y María Casares, era precisamente eso. Quien ha tenido la suerte de amar o ser amado de esa manera, ya no vuelve a estar solo nunca más.

Empezaba a oscurecer. Tecleé una frase en el ordenador. No era el final del capítulo, pero me pareció bien hacer una pausa, como esos viajeros que antes de llegar a su destino necesitan hacer un alto en el camino para otear el horizonte o cambiarse los calcetines. Y de repente lo vi de espaldas, caminando hacia el antiguo cauce del Turia, con su camiseta gris descolorida y sus vaqueros viejos. Podría reconocer su forma de andar en cualquier parte del mundo. Me pareció que se giraba un momento hacia mi ventana, con una sonrisa cómplice, levemente socarrona, pero no estaba segura, tal vez sólo fueran figuraciones mías. Abrí el balcón al primer relente de la noche. Todavía notaba un peso en el pecho, pero sabía que poco a poco la atmósfera se iría volviendo más tenue, más luminosa, y pronto el aire nuevo de la primavera me llenaría los pulmones. De hecho, ya empezaba a notar una brisa ligera que subía a ráfagas desde la avenida del puerto. No ocurría siempre, claro está, ni a cualquier hora.

Pero ocurría.

27

Boris Pasternak recibió la noticia de la muerte de Camus en la dacha en la que estaba recluido en Peredelkino a través de una periodista. En la Unión Soviética ningún medio se hizo eco del accidente. El autor de *El doctor Zhivago* apenas consiguió sobrevivir unos meses al que fue su principal valedor. Su salud había quedado seriamente dañada. La tremenda presión a la que se vio sometido para renunciar al Premio Nobel lo dejó destruido por dentro.

El 23 de marzo de 1960, el líder soviético Nikita Jrushchov aterrizó en el aeropuerto francés de Orly, invitado por el general De Gaulle dentro de la política de acercamiento entre los dos países. Previamente, los servicios secretos soviéticos habían orquestado una hábil campaña de captación del embajador francés en Moscú, Maurice Dejean. Para los miembros del politburó, Francia, convertida en potencia atómica, era la pieza clave de la que tenían que apoderarse para atraer a su terreno al resto de Europa. El general de la KGB, Oleg Kalugin, define en sus memorias los servicios secretos franceses como «los más infiltrados de todo el espionaje occidental», con topos del más alto rango dentro de la estructura militar. El Partido Comunista Francés preparó en diversas ciudades una semana de cálidos recibimientos al líder soviético, dignos de una gran potencia amiga. La sintonía entre los dos países estaba en su mejor momento. Era una ocasión histórica dentro del tablero de la geopolítica internacional y nada debía perturbarla. Ninguna voz discordante podía ponerla en riesgo.

Camus no representaba ya ningún peligro.

Albert Camus no llegó a ver el triunfo de sus tesis sobre las de Sartre, enarboladas por los jóvenes estudiantes de la Sorbona en mayo del 68. No estuvo en las refriegas del bulevar Saint-Michel aquella primavera de los sueños en la que hubiera tenido tan solo 55 años. No vivió la caída del Muro de Berlín, ni el colapso de la Unión Soviética. No llegó a vislumbrar el enfrentamiento fratricida de la guerra de Bosnia. Aunque no cuesta mucho imaginarlo durante el sitio de Sarajevo, entre las ruinas polvorientas de la vieja biblioteca, representando *Esperando a Godot* junto a la escritora Susan Sontag, mientras un chico bosnio de quince años quizá asistía emocionado al estreno.

La geometría invisible del azar conecta unos puntos con otros, como los trazos que unen distintos lugares en el mapa de los exploradores.

A veces me pregunto en qué pensaría Albert Camus el momento antes de morir, si es que tuvo tiempo de pensar algo. Se dice que uno ve pasar toda su vida por delante como una vieja película. Se dice que desaparece el color, que todo se ve en blanco y negro. Se dice que el cuerpo se hace más pequeño, contrayendo los músculos, para protegerse del impacto, disminuyendo al máximo la masa corporal, por eso aparecen siempre zapatos sueltos que se caen de los pies después de un accidente. Se dicen tantas cosas...

Yo creo que a lo mejor uno sí que puede escoger un recuerdo de oro, el más recóndito, el que cree que puede salvarlo y aferrarse a él, como a un trineo, el Rosebud de *Ciudadano Kane*. Estoy casi segura de que W escogió el paisaje de sus Navidades infantiles, el sendero en el bosque que llevaba a un lago helado en el que un cervatillo intentaba romper el hielo con las patas delanteras y el momento de sobresalto en que sonó el disparo del cazador y el animal dio un brinco en el aire con esa delicadeza de movimientos que sólo tienen los animales del bosque. Entonces empezó a nevar. Y él estaba allí para ver el milagro, con su anorak rojo y sus enormes ojos castaños. Levantó la cara y abrió mucho la boca intentando atrapar con la lengua algún copo como en una extraña eucaristía. El cielo de un gris muy claro, el vasto silencio que precede siempre al misterio. Y de repente, la nieve, un 7 de enero.

He adoptado ese recuerdo de W como propio. No me lo transmitió en el momento en que lo compartió conmigo por primera vez, sino el último día en el Hospital Abdulah Nakaš de Sarajevo, cuando aún no le habían puesto el respirador, y por un momento sonrió de ese modo infantil y un poco gamberro en el que sonríen a veces los hombres guapos.

Vamos a ver ciervos.

«Vamos», le contesté yo.

Quizá los humanos tendemos a fijarnos sólo en los grandes hechos. El siglo XX fue una época de canallas y de héroes, de batallas y de mitos. Uno de esos mitos ha sido el del escritor que asume la conciencia moral de su tiempo con todas las consecuencias. Albert Camus simbolizó mejor que nadie esa figura. Fue el escritor que defendió la libertad de pensamiento a contracorriente, que dedicó su vida a la obsesión por la justicia, que lo arriesgó todo y que tuvo razón antes de tiempo, que es una de las maneras más peligrosas de tener razón. Sus intuiciones resultaron a la larga mucho más acertadas que los miles de discursos proféticos de los grandes gurús de su tiempo, que sucumbieron por el desagüe de la historia. Fue transparente en sus contradicciones.

Su sueño para Argelia, no distaba tanto del que Nelson Mandela iba a lograr algunos años después para Sudáfrica. Aceptó estoicamente todos los inconvenientes de pensar fuera del carril, sin esquivar ninguno de los dramas de su tiempo. Una de esas personas, como dijo André Malraux en su funeral, «gracias a quienes Francia sigue presente en el corazón de los hombres».

Pero fue también otras cosas. Fue el hombre tocado por la enfermedad, el niño pobre argelino, el *pied-noir*, el eterno extranjero, el periodista comprometido, el activista de la Resistencia, el filósofo libertario, el antiestalinista tenaz, el hombre rebelde que dio voz a la siguiente generación, el defensor de los derechos humanos, el ateo cristiano, el pésimo marido, el buen padre, el amante profundamente enamorado, el Premio Nobel de Literatura...

A veces le damos gran importancia a los momentos solemnes, a los reconocimientos públicos, a las medallas. Esos instantes de gloria existen, figuran en los libros de Historia y es justo que llamen nuestra atención junto con los hechos del tiempo que le tocó vivir: la Guerra Fría y los conflictos poscoloniales, la batalla de Argel, la carrera de armamentos y la conquista del espacio. Un tiempo de crímenes y traiciones, de puñaladas por la espalda y fuego amigo, de triunfo de las ideologías y desmoronamiento de los imperios. Sin duda, también de algunos hechos memorables, hitos en la historia de la humanidad.

El *New York Times* concluía en su editorial del 5 de enero de 1960: «La terrible carnicería de dos guerras mundiales, la amenaza de la bomba de hidrógeno, todo forma parte del marco moderno que nos ha vuelto receptivos a la austera filosofía de Camus y que garantiza a su memoria esa inmortalidad que no puede dispensar al común de los mortales».

Ahora bien, eso no es todo ni de lejos. Aunque quizá sea necesario haber subido a lo más alto y tocado fondo varias veces, haber tratado por igual con el éxito y con el fracaso, las dos caras de la misma moneda, y haber aprendido bien las lecciones del camino para poder entender que nada de eso es en el fondo tan importante.

Nada es tan excepcional como la maravilla de una tarde de finales de agosto en la que Albert Camus y María Casares se sentaron en una terraza de un pueblecito perdido para tomar un vaso de vino y una rebanada de pan untada con queso *brie*. La pureza de los sabores primarios, el cielo amarillo, el silencio de la campiña, ese momento precioso de felicidad robada.

Nada es tan espléndido como la mirada de un niño de ocho años contemplando el salto en el aire de un ciervo en las montañas alpinas del Zelengora.

Esa burbuja de emoción palpitante.

Un saquito con tierra de Lourmarin.
Un saquito con tierra del Zelengora.

María Casares cerró con llave el cofre con las cartas y salió a fumar a la terraza. Le gustaba sentir la llovizna en la cara. Tenía treinta y siete años. Era capaz de crear un espacio en torno a sí y concentrarse. Decidió no anular ninguna grabación, ningún ensayo. La semana siguiente tenía la representación de *El sueño de una noche de verano*, en el Théâtre National Populaire. A pesar de ello, no estaba segura de si podría volver a subirse a un escenario. Entonces, con toda naturalidad, sintió un soplo de aire en la nuca. Algo muy leve. Fue lo más cerca que estuvo de volver a oír la voz de Albert, como si aún estuviera vivo y le hablase con el tono firme y un poco autoritario que usaba a veces para leerle la cartilla.

—Eres una profesional. Haz tu trabajo.

Le costó obedecer. Tuvo que repasar mentalmente una y otra vez el mismo párrafo del texto de Shakespeare para encontrar la conexión entre las oraciones. Pero lo hizo. Al fin y al cabo, el teatro era lo único que le quedaba.

Si pudiera formular un deseo, no pediría haber tenido una vida distinta o mejor si no se hubiesen conocido, más tranquila. Ni haber hecho las cosas de otra manera, como si acaso fuera posible ordenar el mundo. No. No querría otra vida diferente. La que había tenido con él había sido intensa, indómita, fulgurante e inesperada. Llena de pasión, de riesgo y de estremecimiento. No la cambiaría por ninguna otra. Pero instintivamente se llevó la mano al corazón y pronunció una frase. Era una frase hecha que tenían entre ellos. Una especie de mantra que usaban cada vez que por algún motivo se veían obligados a separarse como amantes. Tantas veces habían tenido que susurrar aquellas cuatro palabras a lo largo de su vida que se habían convertido en un código privado entre los dos. Aunque María nunca hubiera imaginado que tendría que repetirlas y agarrarse a ellas como a un clavo ardiendo en un momento tan extraño como aquel, cuando era ya la última plegaria a su alcance.

«Sólo un día más», dijo muy bajito.

Fue su manera de despedirse. Después le pareció que el peso del aire se volvía algo más liviano sobre sus hombros, no mucho. Sólo un poco, pero lo suficiente para respirar mejor. Debían de ser las dos de la madrugada. Una de las guías de las glicinias había sido derribada de la maceta por el viento y la enderezó con cuidado. Le gustó la sensación de hundir las manos en la tierra húmeda.

Nota de la autora

En marzo de 2023 la editorial Debate sacó en español las cartas que Gallimard había publicado en Francia en 2017 con la correspondencia entre Albert Camus y María Casares. 865 cartas que a lo largo de quince años se cruzaron el escritor y la actriz. Desde que se conocieron en 1944 hasta el 4 de enero de 1960, en que el coche en el que él regresaba a París junto a su editor se estrelló inexplicablemente contra un árbol en una carretera recta sin apenas tráfico.

Al principio pensé en escribir una reseña de prensa sobre el libro, pero enseguida me di cuenta de que no bastaba un artículo, ni un prólogo. La historia requería una novela. El asunto me obsesionó. Todas las novelas en realidad nacen de una obsesión. Rebusqué en mi biblioteca las novelas que más me habían gustado de Albert Camus, *El extranjero, La peste, El primer hombre...* Conseguí las mejores biografías disponibles en librerías de segunda mano, pedí por Amazon las memorias que María Casares había publicado con el título *Residente privilegiada*. Leí el estudio de Anne Plantagenet sobre la vida de la actriz, *La Única. María Casares*. Y recopilé todos los libros que pude sobre aquel grupito del Saint-Germain-des-Prés que se calentaba las manos en las estufas de leña del café Flore.

Además de las cartas, *Albert Camus / María Casares, correspondencia 1944-1959*, algunos libros han sido de gran ayuda en la fase de documentación previa a la escritura. El primero de ellos, fue sin duda, la biografía de Olivier Todd, *Albert Camus, una vida*, por la riqueza y abundancia de información. Setecientas setenta páginas de proteína pura. También me sirvió de referencia la exhaustiva la biografía *Albert Camus* de Herbert R. Lottman y la más reciente *Camus* de Virgil Tanase. Desde otro punto de vista y en un registro mucho más especulativo me interesó el libro *Camus debe morir*, del periodista y escritor italiano Giovanni Cattelli, que suscita algunas dudas sobre el accidente en el que el escritor perdió la vida.

Sólo un día más pertenece al género del *biopic* o biografía novelada con el telón de un trasfondo histórico de primera magnitud. No era la primera vez que me enfrentaba a algo así. Lo hice ya en *Esperando a Robert Capa* (la historia de amor entre dos fotógrafos de guerra, Capa y Gerda Taro en la guerra civil española) y lo cierto es que conservo un buen recuerdo. Es un género diferente a la ficción pura, por supuesto. Recrear y fabular son cosas distintas. En la recreación el novelista no puede inventar a su antojo, debe atenerse a los hechos y a sus consecuencias, pero el esfuerzo imaginativo es casi tan grande como en la invención aunque el riesgo sea mucho mayor. Por otra parte, en la recreación, el escritor debe llevar sobre sus hombros todo el peso de la erudición sin que nadie note la carga de los ladrillos ni los andamios con los que está construido el edificio. En esto me esforcé especialmente, porque creo que nada puede matar más una novela que el exceso de información. El lector no debe apencar con ningún peso muerto. Lo único que tiene que hacer es habitar la casa. Conocer a los personajes, entenderlos y, si le apetece, sentarse con ellos a la mesa.

En cuanto a mí, traté de reflejar honestamente la verdad de unas vidas llevadas hasta el extremo. Todos los episodios narrados de la biografía de Albert Camus y María Casares son reales y están documentados, así como los nombres propios de escritores, actores y editores que aparecen citados. El resto, las escenas íntimas, los diálogos y algunos recuerdos han sido recreados con la libertad que es privilegio del novelista.

Nos situamos así en el centro de una gran historia de amor en pleno corazón del siglo XX (el fin de la II Guerra Mundial, la ocupación de Francia, La Resistencia, la liberación de París, la batalla de Argel, el comienzo de la Guerra Fría y las tensiones con el bloque del Este...): una época fascinante, llena de mitos. Uno de esos mitos ha sido precisamente el del escritor que asume la conciencia moral de su tiempo con todas las consecuencias. Albert Camus simbolizó mejor que nadie esa figura. Esta novela es la historia de un hombre que lucha por sobrevivir en medio de todos los conflictos de su tiempo, cargando a cuestas con su propia guerra íntima, a la que inevitablemente acaba arrastrando a las dos mujeres de su vida: su esposa Francine Faure y María Casares, la gallega de genio vivo de la que se enamoró sin remedio.

En este siglo XXI a las puertas de una nueva Guerra Fría y en medio de un mundo cada vez más desorientado, creo que el pensamiento de Camus está más vigente que nunca tal como lo expresó en el discurso de Estocolmo cuando recibió el Premio Nobel: «Es indudable que cada generación se cree destinada a cambiar el mundo. La mía, sin embargo, sabe que no podrá hacerlo. Pero su tarea es quizá mayor. Consiste en impedir que el mundo se destruya». Y en esas estamos.

En la novela hay otra serie de elementos transversales que recorren toda la trama y que cobran protagonismo en determinados momentos de la narración, como los cotilleos y los chismes dentro del mundillo literario, las puñaladas traperas, la polémica con la pareja Sartre-Simone de Beauvoir, también los gestos de amistad y de lealtad profunda con otros escritores, los entresijos del Nobel. Escribir sobre un escritor obliga necesariamente a plantear cuestiones personales sobre cómo se gestionan los egos, los bloqueos creativos o cómo el éxito es un arma de doble filo que puede destruir al más templado... En el fondo se trata de viejos asuntos de la literatura, tratados no desde la altura de la filosofía o la moral, sino desde el bordillo de la acera de la calle, donde la vida no hace distingos entre un premio Nobel y el más común de los mortales, ni entre una actriz de éxito y cualquier mujer de a pie en la encrucijada. En realidad se trata del asunto más antiguo de la literatura porque, como todo el mundo sabe, desde que Beatriz guio a Dante hasta las puertas del paraíso «la fuerza invencible que ha impulsado el mundo no son los amores felices, sino los contrariados».